DU MÊME AUTEUR

Battre Roger, *avec Benjamin Limonet (récit à 4 mains), Éditions D'ores et déjà, 2008*

Chroniques d'une station-service, *prix Maison Rouge 2019; Verticales, 2019; Folio, 2021*

Un hiver à Wuhan, *Verticales, 2020*

wonder landes

alexandre labruffe

wonder landes

roman

verticales

À mon frère

«À quel calme dans le désespoir
je suis parvenu sous l'écorce la plus commune,
nul ne peut le croire; nul ne s'y retrouve,
car je ne lui en fournis pas le décor, ni aucune réplique:
je parle seul.

Nul ne peut croire non plus à l'absolu
creux de chaque rôle que je joue.

Plus d'intérêt aucun, plus d'importance aucune:
tout me semble fragment de masque,
fragment d'habitude, fragment du commun,
nullement capital, des pelures d'aulx.»

Francis Ponge, «Fragments de masque», *Proêmes*

PRINTEMPS

Set Fire to The Rain

Semaine 0

Mon frère a disparu depuis trois jours. Il a laissé un sac dans mon appartement. Mon frère a disparu. Il a laissé un sac, noir, sans marque, dans un placard, que j'observe comme si c'était… une météorite. Il a disparu avec mon passeport.

*

Météorite ou miroir, mon frère s'appelle Pierre-Henri. Ma mère l'a toujours appelé Pierre. C'était en fait le prénom de son père qui a été tué par des soldats allemands quand elle avait six ans, à la fin de la Seconde Guerre mondiale. Peut-être que tout vient de là finalement.

*

Mon grand-père maternel a sauté sur une mine allemande, à Villiers-le-Bel, la veille de la fin de la guerre, juste après la bataille de Paris, peu après la libération de la capitale le 25 août 1944. Je me dis aujourd'hui que le souffle de cette explosion a duré plus d'un demi-siècle, se fait encore sentir, cingle encore nos visages. C'était un souffle lent, sourd, qui a balayé, au ralenti, ma famille.

*

Ma mère a donné le prénom de son père à son fils aîné. Mon frère : objet sacré de sa mémoire. Ce prénom légué tel un pansement. Un hommage au patriarche. Une stèle. Évidemment, en voulant réparer le passé, c'est l'avenir qu'elle a miné. Pourtant ma mère était psy. Cette déflagration originelle (la mort de son soldat de père en 1944, l'impossibilité du deuil, l'improbable pansement sur sa douleur) est sans doute à l'origine des désordres de mon frère, et par extension de la désintégration de notre famille, soixante-quatorze ans plus tard.

*

Décomposer la déflagration.

*

Mon frère s'appelle Pierre-Henri Labruffe. Personne dans notre famille ne l'a jamais appelé Pierre-Henri. Simplement : Pierre. Moi : PH. Lui se faisait appeler (je l'ai découvert tardivement) :

a. Pierre Labruffe,
b. Henri Labruffe,
c. Pierre Devaux,
d. Maurice Devaux,
e. Henri Devaux,
f. Pierre Roubo,
g. Henri Roubo,
h. Henri Wu,
jamais de son « vrai » nom : Pierre-Henri Labruffe, parfois Pierre-Henry Labruffe, souvent : PHL.

Devaux, c'est le nom de jeune fille de ma mère. Roubo, de la mère de ses deux filles. Wu, celui de sa compagne actuelle. Maurice, le prénom de notre grand-oncle.

*

Multiples noms, multiples identités, mon frère les module au gré des gens qu'il rencontre, des hôtels qu'il fréquente, des occasions qui se présentent, des affaires qu'il monte.

Pourquoi de multiples identités, cette hérétique hétéronymie ?

Théâtre d'ombres, carnaval, manège, il ne parlait jamais de sa vie à personne, mais racontait des histoires à tous. J'ai toujours pensé qu'il était un peu parano, qu'il se protégeait du dehors à l'excès. Emprunter d'autres identités pour échapper à la société, sa machinerie. Emprunter d'autres identités pour fuir la sienne.

Le masque comme pare-feu.

*

Fabien, mon ami d'enfance, fils de docteur, poète, archiviste, disait de lui qu'il était mythomane. Ma compagne, Kim : « Malaaade. » Elle est coréenne. Elle insiste beaucoup sur les A. Pour elle, tout le monde est « malaaade ». Surtout les Français.

*

Multiple personality disorder : c'est l'expression qu'a employée Kim après coup, trois jours plus tard, en réfléchissant au cas PHL. Pire que bipolaire donc : multipolaire.

*

Troubles de la personnalité multiple ? Je ne sais pas. Ce que je sais, maintenant, c'est qu'il lui a fallu plus d'un masque pour dissimuler son visage. Ou plutôt son absence de visage. Comment pouvait-il avoir une identité alors qu'on lui avait donné celle d'un autre ? Comment pouvait-il avoir une vie alors qu'il remplaçait symboliquement celle d'un autre ? Le premier masque de mon frère a été le prénom de mon grand-père. Sa première identité était un mausolée.

Comment se construire sur un mausolée ? Vivre sans figure ? Difficile. Mon frère s'est façonné sur un château de sable mouvant qui n'a cessé de l'engloutir, contre lequel il n'a jamais cessé de lutter. L'impossibilité d'être lui.

Le mythe de PHL: métaphore d'une vie (déter)minée par une tombe, défigurée par un visage qui ne lui appartient pas.

*

Qu'est-ce qui lui appartient au final ? Tout, et, en même temps, rien, du sable, du vent. Pas même le présent. Son corps ? Pas même son corps, non. Il sortait de son corps. Épilepsie, syncopes, malaises, expériences extracorporelles… structurent et déstructurent PH. Quoi alors ? Peut-être sa recomposition incessante, perpétuelle. Du vent et des mots. Ses projets ? De la prestidigitation. Tout est leurre chez lui.

*

Mon frère est un château en Espagne.
(De la poudre dans tes yeux.)

*

PH s'est évaporé depuis trois jours, sans me dire où il allait, ni quand il revenait, prenant mon passeport pour je ne sais quelle raison (« Viiider ton iiidentitééé ! » hurlait Kim). Évidemment, je n'ai aucun moyen de le contacter. Depuis plusieurs mois, mon frère change de numéro de téléphone et de mails toutes les semaines. Je pensais qu'il fuyait ses créanciers, ses amis indésirables. C'était bien pire. Bien plus tragique.

*

Il a disparu, m'a laissé un sac et des dettes (20 000 € non remboursés). Plus un crédit Financo, sur le dos, qu'il a contracté sous contrainte à mon nom, mis sur mon compte Société Générale. Un prêt pour acheter un camping-car qui a disparu lui aussi. Avec mon frère, tout disparaît. Un Bürstner Ixeo 734, Fiat Ducato, 2,3 l, 130 CV, avec couchage principal de 142 × 195 cm, dont je n'ai jamais joui. Il l'a prêté, a-t-il fini par confesser, et ne l'a jamais revu. Il se serait fait escroquer sans porter plainte. Depuis, chaque fois que je vois un camping-car, j'ai des palpitations, sueurs et tremblements, je songe à ce crédit insensé. (D'ailleurs, je n'ai jamais autant vu de camping-cars sur les routes ces derniers temps. Ils ont proliféré. À croire que c'est une nouvelle passion française. Une religion ? Un virus ? Une invasion ? Non, cela fait partie de l'abécédaire de la crise. Qui jette les hommes sur les routes.)

*

Je suis désormais devant son sac, posé par terre, chez moi, dans mon salon, à Paris, et je me demande si je dois l'ouvrir. Je n'ose pas. De quoi ai-je peur ? De ce que je vais y découvrir ?

Hypnotisé, je l'observe comme si c'était… quoi ? Une boîte de Pandore ? *Mulholland Drive* ? À l'intérieur, quelle bête ? Quel monstre ? Vais-je y trouver tous les maux de PH, de ses mystères, de son univers ? L'ouvrir, c'est entrer dans quelle dimension ? Profaner quel temple ? De quelle chapelle est-il la porte ?

Sortant de la douche, Kim arrive, nue, dans le salon, voit le sac, demande si c'est à mon frangin. J'acquiesce. Elle hurle « le connaaard » puis commence à l'ouvrir.

*

Kim a dézippé la fermeture éclair et s'est tout de suite réfugiée derrière moi : nue, accrochée à mon cou. Comme si ça allait exploser, comme si c'était une bombe, dont elle venait d'allumer la mèche. (Elle me prend peut-être pour un gilet pare-balles ?)

Une seconde passe.

A priori, rien n'explose,

ou c'est imperceptible, infrasonore.

J'en fais, fiévreux, l'inventaire.

Dans ce sac noir, informe et sans marque, je remarque tout de suite un cahier jaune. À l'intérieur, intercalés :

- un contrat avec une banque espagnole (c'est écrit dans la langue de Cervantès, je saisis qu'il s'agit d'un transfert de 250 000 €, du compte de la société de PH, Flagrance, à une banque, Global Invest),
- la photocopie de la carte d'identité d'un Arménien,
- une reconnaissance de dette d'un certain K. en faveur de PH.

Dans le cahier : des numéros de téléphone, des calculs mystérieux, un schéma indéchiffrable. L'esprit de mon frère ?

Je trouve également :

- trois paires de clefs différentes,
- un jogging noir Lacoste,
- la carte grise d'une Mercedes,
- une clé USB,
- un bonnet noir,
- des chaussettes de ski, roulées sur elles-mêmes,
- une carte des Landes,
- de la cendre.

La boîte de Pandore a fière allure. J'étale tout à terre. Comme si je faisais l'autopsie d'une catastrophe à venir.

*

Dans le bonnet noir (je l'ai remarqué en le posant), il y a quelque chose. Je vérifie. Ce sont des jumelles. Les chaussettes servent également de cachette. Boîte de Pandore ou poupée russe ? Je les déroule. Un objet tombe à terre. Médusé, je le saisis, l'examine sous tous les angles : c'est une arme. Que je relâche brusquement, électrocuté mentalement. Kim, toujours accrochée à mon dos, s'interroge (la grâce de son accent franco-coréen) :

— C'est quoi çaaa ?

— Un Taser.

Elle répète :

— Un taiseur ?

— Non, un mini-TaAaaser : un pistolet électrique.

Elle hurle « ton frère est malaaade », repart en courant sous la douche en répétant :

— Il est malaaade !

*

Un Taser n'est la porte d'aucune chapelle.

*

Je me demande ce qu'il fait avec ça dans son sac. Mille fictions m'agitent. Pourquoi ces jumelles ? Pourquoi cette arme ? Se défendre ? Attaquer ? Est-il le poursuivant ? Le poursuivi ? PH est-il membre d'un gang dans les Landes ? Y a-t-il des gangs dans les Landes ? Je me lève. Rivé à la fenêtre, je contemple un tag sur le mur de l'immeuble d'en face :

UN ÉCLAIR... PUIS LA NUIT.

*

Il n'y a aucun éclair. Il n'y a que la nuit.

*

La vie de mon frère est une énigme, une insomnie doublée d'une gueule de bois. Chape de plomb, nappe de brouillard, il apparaît dans la mienne tous les trois, quatre mois, me livre des informations parcellaires, floues, sur lui, ses affaires. Il joue le grand-frère-qui-gère, a dix mille projets, est hyperconnecté, ultraoccupé, mégasollicité.

Depuis 2015, naviguant entre la Gironde et les Landes (où il vivait plus ou moins avec mon père), il a ouvert une société de location de voitures de luxe, Flagrance, à Bordeaux, un espace de coworking, e-Hub, à Pau, doublé d'une start-up dédiée au développement d'applications du futur, dont le seul fait d'armes avait été de créer un site pour un « parfum dédié aux Africains » et un concours de Miss Porsche Panamera Landes. En gestation, il avait aussi un autre projet révolutionnaire, une application smartphone géolocalisant les SDF, permettant de leur distribuer l'aumône.

Chaque fois que je le sermonnais, « PH, tu te disperses » (je joue, je crois, depuis longtemps, à être la conscience éclairée de mon frère), il répondait « Alex, je gère ». Si j'en ai toujours douté (les gens qui « gèrent » ne le disent pas, ce « je gère », telle une fin de non-recevoir, fin d'un débat qui ne peut jamais commencer : une porte qui claque, des volets qui se ferment, des bruits de pas qui s'éloignent), je n'ai jamais vraiment douté de ses capacités, ni de ses idées, ou plutôt de son bouillonnement créatif, entrepreneurial : ses rêves de start-up.

À bien réfléchir, peut-être que si… J'ai toujours eu un doute, j'ai préféré le balayer, ne pas creuser, ne pas en savoir trop. Un faisceau d'indices (imaginaires ?) me laissait penser que ses sociétés étaient des écrans, des couvertures, qu'il œuvrait en réalité dans le X.

*

Mettre des œillères est un sport familial.

Sport, discipline ou stratégie, la politique de l'autruche fait partie de l'ADN de la famille Labruffe. Faire l'autruche. Nier les problèmes. Ne jamais en parler. Réfuter la réalité. Surtout lorsqu'elle est négative. Ou affective. Ne jamais considérer qu'on peut l'apprivoiser. L'aveuglement délibéré comme dogme. Chez nous, l'amnésie est un pays.

Mon père et mon frère (par ricochet : moi, par extension : ma mère) ont constamment estimé que la réalité était un bout de papier, un brouillon qu'on froissait, roulait en boule et jetait, quand elle ne plaisait pas. De la poussière sous un tapis. D'autant plus quand on la mord.

Chantre de la communication positive, pape du management des années 1990, mon père a écrit plus de trente livres sur le sujet, publiés à l'Afnor, inventant des méthodes pour transformer le négatif en positif, pire : pour mieux manager. *Kit minute du manager positif* est son best-seller (538 exemplaires vendus). De là, sans doute, me vient mon optimisme délirant, ma dramatique myopie :

« l'avenir n'est pas pour demain » ;

« le management peut être humain ».

Je ne sais quelle distorsion cela a entraîné chez PH. Peut-être : une incapacité à voir le négatif, un certain détachement du réel, de ses contingences, de ses contraintes. Depuis sa naissance, cette distance (cet exil ? cette cécité ? cet exil qui a mué peu à peu en cécité, en négation du négatif, en dérive) a été nourrie par mon père, qui lui a tout cédé, tout donné : cash, chèques, cartes bleues, jobs, cadeaux high-tech et voitures dernier cri que PH prenait soin de crasher dans les accidents les plus invraisemblables. En quinze ans, de dix-huit à trente-trois ans, il a détruit quinze bagnoles, soit, en moyenne, un véhicule par an. Il s'en est, chaque fois, sorti sans égratignures. Ce qui a consolidé chez moi l'image d'un frère indestructible, a renforcé sa légende chez mes amis, qui le traitaient de « barge », de « tête brûlée », de « flambeur », de « tocard des tacots », rapport à son goût des moteurs, de la vitesse, des circuits, toutes valeurs incompatibles avec celles de ma bande : inefficacité, lenteur, non-agir, nonchalance, cheveux gras. L'indolence, notre étendard.

*

Une image, au ralenti : le vol plané d'une Fiat 500 qui déracine un pylône dans la Haute Lande. Le récit de cet exploit par mon frère, sa fierté :
il fait corps avec la voiture,
dirige son vol plané,
épouse les éléments,
la forme du pylône,
finit par atterrir dans un jardin,
sur la cabane du voisin.
PH, acrobate loser.

*

Ses accidents, symptômes et signes de son aveuglement, de ses dénégations, l'ont encore plus déraciné du réel. Je n'en avais jamais pris conscience. Cécité pour lui, myopie pour moi.

*

Lui, sorti sans égratignures ? Pas si sûr. Ses fissures étaient invisibles. Elles étaient intérieures. Psychiques. Elles existaient avant peut-être, se sont élargies au fil du temps. Il craquelait de partout. Tout craquelait en lui. Même son âme. (Il lui arrive de sortir de son âme aussi.)

*

Si je pressentais qu'il s'éparpillait avec ses multiples projets, j'ai toujours voulu croire en PH. Plus exactement : j'ai voulu faire semblant de croire en lui. Trop collé pour faire preuve de discernement. Il est né fin août 1973, moi début août 1974. Onze mois nous séparent et nous lient, ont fait de nous des clones contraires. Faux jumeaux, doubles dissemblables.

*

Chasser le doute, chasser le chaos : ils reviennent au galop.

*

J'ai fait le tour du sac. Je recherche un fond caché, m'échine. En vain. Il n'y a plus rien. À ma plus grande déception, aucune trace d'argent, ni de drogue. Étalés sur le sol, pièces d'un puzzle énigmatique : les objets trouvés et de la cendre. De quoi ce rébus est-il le nom ? De mon passé. En ouvrant le sac, Kim a réveillé un volcan éteint.

La clé USB m'intrigue. Je la prends, l'insère dans l'ordinateur. Dedans, il n'y a qu'un fichier : un document PDF que j'ouvre. C'est l'affiche d'un congrès de chirurgiens dans la principauté monégasque, organisé en juin par une association de médecins réputés, dont le président est le prince souverain de Monaco. Ma sidération et mon horreur augmentent. Je suis allergique aux chirurgiens. Aux princes. Aux médecins. Et c'est quoi cette histoire ? Je ferme les yeux. Je les rouvre. L'écran est toujours là. Je prépare un café. Je réfléchis. Un mini-Taser. Des jumelles. Un congrès de chirurgiens à Monaco. L'évaporation de mon frère. De mon passeport.

Le mystère : intense. C'est une brume électrique, dense, de questions, qui me recouvre : j'ai un début de chair de poule. Je regarde le néon de l'hôtel RENAISSANCE en face de mon immeuble, qui se reflète sur la vitre. Renaissance, vraiment ?

PH a-t-il prévu de faire le casse de cette association, de kidnapper un chirurgien, de lui faire cracher le morceau. Je délire. Quel morceau ?

*

PH n'a rien d'un gangster. Il a toujours eu horreur du sang. Il s'évanouit à sa simple vue. La violence le fait vomir. Rien dans son parcours n'indique une dérive mafieuse.

Après avoir fait, adolescent, du karting à bon niveau, rêvé d'être pilote de Formule 1, il a fini… commercial chez un concessionnaire Alfa Romeo, un premier job trouvé par notre géniteur. Incapable de respecter les horaires et les consignes (ne pas tester la limite des Alfa avec les clients à l'intérieur), il y était resté peu de temps. Parti pour les States deux ans chez une tante lointaine, rapatrié en urgence pour excès de dépenses, explosion des plafonds bancaires (en achetant une Corvette avec la CB du père), il avait travaillé, à son retour, pour un projet paternel : la création d'un guide des artisans, l'*Almanach des métiers*, commandé par le président de la Chambre des métiers de Bordeaux de l'époque, Cigana, qui y voyait la clef de sa réélection, le cœur (battant) de son idéologie (caresser les artisans dans le sens du poil).

Le professeur, Alain, mon père, n'avait pas besoin de cela. Il gagnait bien sa vie, cumulant trois doctorats, trois métiers : enseignant à l'Université, psy et consultant RH. Malheureusement, il rêvait de devenir le gourou de la Garonne, le Séguéla des Landes. Ce guide était censé être la rampe de lancement d'une carrière dans les couloirs de la politique, un pas vers un sommet fantasmé de conseiller de l'ombre, de spin doctor au sein de la nomenklatura aquitaine. Peut-être y voyait-il une revanche sur ses origines, son enfance modeste à Montendre, ses parents prolétaires. Son père : papetier ; sa mère : ouvrière.

*

Le papier détermine notre famille.
Les arbres. La forêt dépeuplée.
Les Landes : berceau de notre dynastie boiteuse.

*

Cet *Almanach* devait être le point d'orgue de son accomplissement de self-made-man, signer son entrée fracassante dans la société des notables bordelais des années 1990. Fracassante, c'est bien le mot. Il imaginait un ascenseur. Il s'est pris un mur, qui a causé sa chute. Et parallèlement, celle de mon frère.

*

ICI CE SONT DES LOUPS

*

S'improvisant boss, à la tête d'une équipe de vingt personnes, sans les compétences ni l'expérience nécessaires, dépensant à outrance, PH avait conduit le projet à la faillite, bien aidé par le paternel qui, n'ayant pas non plus le sens de la mesure, avait manqué, là, de flair. On était en 1997-1998. Le professeur s'était obstiné à vouloir faire imprimer le guide au lieu de le dématérialiser, négligeant internet alors en plein essor aux U.S. Tous deux n'étaient pas les seuls responsables du fiasco : le président de la Chambre des métiers également, ayant contesté, une fois réélu, le contrat qui les liait, n'honorant pas le paiement des guides commandés pour sa réélection, car livrés trop tard, un jour après sa victoire. Cela s'est fini en procès, perdu.

Moi, j'étais à Pékin, à des années-lumière de la tourmente, de ma famille, peu informé de leurs déboires, et peu désireux de l'être, poursuivant mes études de chinois, en maoïste dilettante. J'avais bien eu vent de cette ruine, je trouvais ça romantique, mais elle n'était pas assez totale pour m'intéresser.

Après la débâcle, PH s'était réfugié à Bats, village perdu dans le sud des Landes, au-dessous de l'Adour, avec sa compagne de l'époque, la mère de ses filles, Alexandra. Travaillant à mi-temps pour un sous-traitant aéronautique, il ponçait les ailes des hélicoptères, à défaut de déployer les siennes. Ses démons (d'apprenti sorcier gestionnaire) s'étaient réveillés lorsqu'elle l'avait quitté : PH intimant l'ordre au paternel d'acheter une Porsche Panamera. Sa résolution : devenir chauffeur de luxe. Plus que d'un ordre, il s'agissait d'un chantage. PH menaçait de se suicider (en beauté : par immolation, ou noyade, ou les deux je crois) si le père ne s'endettait pas (à nouveau) pour financer ce projet. Il le lui devait, estimait PH, en guise de dédommagement pour les années de galère à la tête de cet *Almanach* foireux, dont le naufrage avait entraîné son insolvabilité. PH avait donc fait chauffeur cahin-caha. Puis, porté par l'ambition de quintupler, septupler, octupler ses gains, il avait monté sa propre société de location de voitures de luxe, Flagrance. Avoir une flotte de Porsche (de la 356 Speedster à la 911 S en passant par la Cayenne et la Cayman) : une idée qui semblait tenir la route. Les prévisions lui assuraient le pays des merveilles.

Pas de dérive mafieuse pour PH donc. Des plans sur la comète : sans doute. Un goût du luxe, de l'argent, des rêves hors-sol : certainement. Beau parleur, séducteur : oui. Moitié Keanu Reeves, moitié Bernard Tapie, il pourrait vendre des lunettes à un aveugle ou un fonds toxique à un trader. Mais bandit : non.

*

Il y a plusieurs semaines, PH a débarqué chez nous à Paris un samedi soir, vers minuit, à l'improviste, selon son habitude. Il faisait étrangement chaud pour un mois d'avril. Le temps était à la canicule, à l'orage, au bonheur simple. J'étais avec mes amis, Benjamin, Fanfan, Descubes, et Kim, passant une soirée agréable, à défaire le monde. Nos histoires. Kim nous parlait de sa chamane coréenne, une mage 2.0 dénichée sur le web, qui « *divinait sur FaceTime* ». Descubes, de sa passion pour les femmes enceintes. Fanfan, de son livre à venir sur l'*Odyssée*. Benjamin, du bilan de compétences qui a transformé sa vie, le vouant à un seul avenir possible : devenir pasteur. Il a tout arrêté pour suivre cette voie délirante : la foi.

Habillé sur son trente-et-un, veste Hugo Boss sur l'épaule, PH, saluant mes amis vaguement, posant son sac noir, m'a demandé si j'avais des Kinder Bueno. J'ai répondu par la négative. Il a disparu en quête de ces friandises dans le quartier, à la surprise générale, jetant de l'huile sur le feu de notre imagination, déjà disposée aux conjectures en tout genre. Il est revenu une heure plus tard, une dizaine de barres chocolatées dans les poches, a dormi sur le sofa et disparu aussi sec le lendemain. Avec mon passeport. Sans son sac. (Mon frère, en courant d'air.)

L'étrange quête des Kinder Bueno dans Paris by night : ultime acte de poésie postmoderne.

Fanfan :

— Ton frère est peut-être le dernier des poètes.

*

Trois jours se sont écoulés depuis son évaporation.

Fabien :

— Ton frère s'est évaporé, et c'est ce qu'il sait le mieux faire.

Mon ami, toujours péremptoire. Satirique et péremptoire.

*

Venant de quitter la bibliothèque des Beaux-Arts, où j'essaie de faire avancer ma thèse de cinéma (en fait, j'y passe mes journées à consulter les mémoires de Chris Marker, alors que ça n'a rien à voir avec mon sujet), je me fraie un chemin dans le métro. La ligne 4 est bondée. Dans la rame, je lis *Ellis Island*, un des plus beaux textes de Perec, savourant cette phrase, ce bonbon dans le brouhaha de la foule, les cahots du wagon :

Et ils étaient désormais en face de l'inexorable.

*

Dans le hall de l'immeuble, je m'arrête pour observer, avec défiance, la boîte aux lettres. Je finis par l'ouvrir, craintif. (Qui envoie encore des courriers à part une administration hostile à la gestion désarticulée de ma vie, de mes impôts ?) À l'intérieur : une enveloppe format A5. C'est un courrier de PH. Je reconnaîtrais son écriture parmi mille : il n'emploie que des lettres capitales italiques. Dans l'ascenseur, je palpe la lettre. C'est ferme, plat. Que peut-elle bien contenir ? J'appuie sur le bouton de mon étage : en route vers le cinquième.

*

Une affiche scotchée sur le miroir attire mon regard. C'est le président du syndic de l'immeuble qui s'indigne de la présence « *de traces de pieds sur les murs du rez-de-chaussée* » (surligné en vert pâle), « *des tennis, probablement des Converse* » (souligné doublement en noir), « *taille 41,5* » (entouré deux fois). « *Nous retrouverons le* ***coupable*** *de ce* *scandale: pas de pitié pour les vandales.*» Le gras pour marquer son assurance, la justesse de sa cause, l'ignominie de l'acte. Je me demande comment il compte s'y prendre. En faisant analyser les empreintes? En traçant l'ADN du caoutchouc? Je l'imagine un instant, posté à l'entrée, en perquisitionnant les croquenots des résidents. Cette image me fait sourire. Moins quand je mate mes pieds. Ce que je porte: des Converse (taille: 41,5). Je les enlève. Les dissimule sous mon pull couleur rouille, lorsque soudain, un voisin entre dans la cabine. Il sursaute, en dévisageant mes chaussettes dépareillées.

*

Kim prend son petit déjeuner. Il n'est que 18 h, elle vient de se lever. L'appartement empeste. Pour elle, c'est le matin: café, kimchi, crabe et calamar. M'enfermant dans les W-C pour fuir les odeurs, je déchire fébrilement l'enveloppe. À l'intérieur, mon passeport et un CD de musique, entouré de scotch marron. C'est un album d'Adele, dont le titre est «*21*». Je ne connais pas cette chanteuse. Faut dire, je suis imperméable à la musique depuis que j'ai été expulsé (excommunié plutôt) à onze ans de la chorale de l'école catholique de La Brède, tellement je chantais mal. Plus qu'une étanchéité, c'est une aversion (à la musique et à la religion) que cela a généré en moi; une surdité, que je suis en train de soigner: Kim est fan de karaoké et de gospel, elle chante et danse sans arrêt.

*

À l'intérieur du CD, caché entre les pages, dans le livret des paroles des chansons, un billet de 500 €. Rien d'autre. Pas de mot. Pas d'excuses. Pas d'explications. Qu'a-t-il pu bien faire avec mon passeport ? La Grande Inquiétude de Kim sur le sujet (en Corée, on ne plaisante pas avec l'identité) répond à ma grande perplexité. Pourquoi ce CD précisément ? Pourquoi Adele ? Dois-je y voir un message ?

*

Aujourd'hui, quand je regarde le titre de la première chanson, je me dis que c'était prémonitoire :
Rolling in the Deep,
Toucher le fond.
À l'image du titre de la deuxième chanson :
Mettre le feu à la pluie,
Set Fire to the Rain.

Semaine 1

Nous sommes le 2 mai. Pour moi, le temps n'a plus vraiment de sens, ni d'importance. (Je suis à moitié chômeur, légèrement chargé de cours, vaguement écrivain : totalement à la marge.) Pourtant il va s'arrêter. Je viens de me coucher à 6 h du matin après être allé au Blitz, fêter la fin de la réécriture d'un manuscrit en cours, avec Benjamin, qui m'a avoué, à son cinquième London Fog, clôturant alors la soirée :

— En ce moment, j'ai la sexualité d'une endive.

*

Je me réveille vers midi, en vrac, avec cette phrase qui résonne en moi. Voulant vérifier l'étymologie du mot « endive » sur le dictionnaire de mon portable, je remarque cinq appels sans message de mon père. Ce qui est bizarre :

1. Il n'appelle jamais avant midi.

2. Il m'appelle rarement. Sauf pour me quémander de l'argent.

3. Il ne m'a jamais autant appelé en un jour.

Quelque chose est arrivé. Je le rappelle. Sa voix est tremblante, blanche, tel un linceul. C'est l'image qui me vient : le linceul. Sa voix d'outre-tombe.

Il me raconte.

Il me raconte
comment je vais être percuté par le réel.

*

Ce matin, des flics ont débarqué dans sa propriété, à Labrit, un village au nom improbable niché au centre des Landes, accompagnés de mon frère menotté, une baguette de pain dans les mains. Ils étaient six ou sept à l'entourer. Les seuls mots qu'il a réussi à articuler, devant le père livide :

— T'inquiète, c'est rien.

(Remplaçant son fameux « je gère » par un plus angoissant « c'est rien »). Son seul geste : donner le pain au paternel.

Depuis trois heures maintenant, les policiers perquisitionnent la maison, fouillent l'intérieur, les granges, le terrain. Mon père ne sait pas ce qu'il se passe, ce qu'ils espèrent y trouver, ce que PH a fait, ce dont il est accusé. Pourquoi il lui a apporté une baguette.

*

Il appelle cinq fois. Cinq appels, cinq cratères qui m'engloutissent.

*

Deuxième appel : mon père annonce qu'une autre équipe vient de débarquer : la brigade cynophile. Des chiens ? Pourquoi ? Il ne sait pas. Je réfléchis une seconde et suggère que, s'il y a des chiens, c'est que les flics cherchent de la drogue, de l'argent ou des armes. Des explosifs ? PH : un terroriste ? Cette image impensable me traverse : un frère intégriste. On est en 2018, dans une France post-attentats. Tout est possible. Mais pas ça. Un policier interpelle mon père, qui raccroche. En chemin vers le Burger King de la gare de l'Est (cet étrange besoin de me réfugier dans les jupons d'un Whopper), je rate son appel. J'essaie de le joindre plusieurs fois, en vain. Ma journée est suspendue à son récit. Elle est fragmentée, inféodée à ce fil, captive. Et ce fil me mène à un labyrinthe.

*

Troisième appel. Les flics ont découvert, dissimulés à divers endroits de la propriété :

- deux tractopelles embourbées au milieu des pins,
- deux immenses tracteurs agricoles.

Dans les granges :

- un groupe électrogène,
- un quad.

Dans le four à pain extérieur en brique :
- des gyrophares,
- une antenne C.B.,
- des talkies-walkies,
- un vibromasseur.

Mon état est difficilement descriptible. Je suis pétrifié. Dans ma tête : une étendue de glace, le lac gelé de mes neurones. Comme si je suivais le live d'un quotidien couvrant un attentat. Même sentiment, même impression. De fascination, de stupeur, d'effroi. Je suis scotché, sonné, dans les cordes, en même temps effervescent et congelé. Je parviens juste à me dire que le crime est d'abord une histoire d'inventaires. Je bégaie :

— Et c'est quoi ce… c'est quoi ce quad ? Et ce vibro ?

Je n'arrive pas à agencer mes questions, rassembler mes idées. Ma langue est un chewing-gum en éruption. Les mots collent à mon palais, explosent avant de sortir. Le paternel m'explique je ne sais quoi. Il n'a rien vu venir. Concentré sur son prochain livre, il ne sortait pas de la maison. Je ne l'écoute plus. Blême, je raccroche brutalement.

Kim me regarde comme si j'étais un revenant.

Mais je ne reviens pas.
Je ne reviens de nulle part : j'y vais.
Je ne le sais pas encore mais : j'y vais.
Droit dans le nulle part.
Droit dans le *nowhere land.*
Le pays de mon frère.

*

VOUS ÊTES EN DEHORS DE LA RÉALITÉ.

*

Elle me tend un verre d'eau, que je regarde fixement, avant de le boire cul sec comme si j'avais traversé un désert. Ce n'est pas de l'eau, c'est du Soju, un alcool coréen, au goût médicamenteux. J'essaie de retrouver le calme, le fil éreinté de mon souffle, qui s'est inversé, m'aspire. Le répit n'est pas long. Le paternel rappelle. Il chuchote. Une autre équipe vient de se pointer pour relever les empreintes : c'est la police scientifique. Les enquêteurs cherchent visiblement de l'argent. « Où est le fric ? » lui a demandé le chef, d'un œil noir, accusateur. Le professeur a réussi à faire de l'humour, ahanant « ici », exhibant son portefeuille, proposant qu'ils saisissent les 15 € qui s'y trouvaient.

Je me rends au café de la gare de l'Est pour boire une bière. Besoin de marcher, de prendre l'air. Je suis dans un état second. J'ai devant moi une falaise. Un terrain vague. Un océan de cendres. Sur la télévision accrochée à un mur, derrière le comptoir, un expert analyse les deux révolutions majeures qui ont structuré la planète France, la révolution industrielle en 1830, la révolution managériale en 1950. Le bruit des discussions du bar, de la TV, des tintements de vaisselle, des commandes m'enveloppe. Puis c'est l'heure des informations. Je regarde sans capter. Le monde tourne encore. Pour moi, il est devenu transparent. C'est un train fantôme, invisible, sans doute sans destination. (À l'image de mon frère ?)

Rejoint par une Kim inquiète de mon extrême pâleur, je résume l'invraisemblable. Elle vient de voir *Split*, fait le parallèle avec ce polar horrifique, son personnage Kevin Wendell Crumb :

— Ton frère, il ne pose jaaamais ses yeux. Ses yeux bougent tout le temps, ils se posent jaaamais. Ses mains c'est paaareil. Comme s'il voulait cacher quelque chose. Il regarde jaaamais les gens dans les yeux. He *never* looked me in the eye. Neveeer !

Elle insiste sur le « jamais ». Elle le répète en anglais. Et tout semble être, pour elle, dans ce « *never* », infini, indéfinissable. Je ne vois pas le rapport avec les tracteurs.

— C'est juste qu'il est pas normaaal. Il est dans le « neveeerrrr ».

*

Troubles de la personnalité multiple, multiples permutations dissociatives de l'identité, lost in the never : le syndrome de PHL ?

*

Mon paternel rappelle. Il clame qu'il n'y est pour rien, qu'il ne savait rien. Il insiste sur son innocence, se disculpe.

Je comprends qu'il ne s'adresse plus à moi, il se croit sur écoute, se justifie auprès des flics, s'innocente :

— Si les grandes oreilles m'écoutent, eh bien non je ne savais rien, messieurs les poulets, je ne suis responsable de rien, je n'ai rien vu, je n'ai rien fait, je ne sortais plus.

Je me demande s'il a disjoncté, s'il est devenu parano, si la paranoïa est un pays : un fragment de forêt perdu dans les Landes ?

*

Je vis cette journée comme une déflagration. Dont le souffle me fait osciller, me fera osciller longtemps entre sidération et incrédulité. Ce sera plus qu'une oscillation, je le comprendrai plus tard, le souffle me projettera ailleurs, dans un autre monde, dans un autre espace-temps. J'ai décroché du sol, je suis en l'air, projeté, hors du ring, hors du réel, mais je ne le sais pas encore. Où vais-je retomber ? Et dans quel état ?

*

Au cœur d'une déflagration, il y a plusieurs souffles. Et si ce livre a une ambition, c'est bien celle de les disséquer. Une déflagration, c'est plus ou moins long. Celle-là, elle va durer un an.

*

Le souffle, l'éclat et l'impact.

*

Je savais que mon frère avait rencontré des difficultés, qu'il avait déposé 250 000 € dans une banque espagnole présentée par un intermédiaire, K., conseiller au CIC. Moyennant ce dépôt initial, lui avait-on promis, il obtiendrait un prêt d'un million d'euros, pour développer son affaire (la flotte de Porsche). Il avait visité leurs locaux à Barcelone. Building vitré, machines high-tech, bureaux ergonomiques, iMac, hôtesses, directeurs, employés, tout avait l'air vrai, fantastique. Mais la coquille était vide. Le fabuleux : nébuleux. Une fois l'argent versé, la banque s'était évaporée, l'intermédiaire avec. Une escroquerie de haut niveau, « comme dans un film », PH avait marmonné.

Accueilli en limousine, invité dans le plus grand hôtel, les plus étoilés des restaurants, il avait été reçu tel un prince.

On l'avait hypnotisé
avec des crustacés,
du champagne,
peut-être des putes.

L'argent était l'appât. Le luxe : l'analgésique, propofol ou kétamine, anesthésiant puissant.

Quelques semaines plus tard, sans nouvelles de son « investissement », il s'était à nouveau rendu au siège de la fausse banque, pour ne trouver qu'un building désert, vidé de ses meubles et de ses occupants. PH avait retrouvé l'intermédiaire je ne sais comment. Puis le réseau d'escrocs ayant monté cette arnaque internationale. À la suite de « négociations », s'était-il vanté, il avait récupéré l'argent sous la forme d'un… immeuble à Barcelone qu'il n'avait pas mis à son nom, mais au nom, comble de la bêtise, de l'intermédiaire, le fameux K. C'était un immeuble délabré aux fenêtres murées, en plein centre de la capitale catalane. PH m'avait annoncé ça triomphalement. (Il en était fier, de cet immeuble insalubre.) J'avais crié au délire. Il avait coupé court : « T'inquiète, je gère. » Dans ma tête, j'avais eu envie de sortir un flingue. (Désormais, quand quelqu'un dit « je gère », je sors mon revolver.)

Je savais également que cet argent « investi » provenait d'une riche héritière, Louise M., extravagante et instable prétendait-il, bref, amoureuse de lui. Il l'avait rencontrée à Bordeaux.

Son histoire, déjà, commençait à la manière d'un thriller américain sur TMC.

Quel lien avec les tracteurs et les pelleteuses ? Aucune idée. Aussi : pourquoi des gyrophares dans le four à pain ?

*

Le lendemain de l'arrestation de PH, je me force à rappeler mon père. J'appréhende, je ne veux plus avoir de nouvelles, je veux être loin de cette histoire, je ne veux pas qu'elle m'atteigne, me blesse, me happe ou me consume. Vœu vain : je suis déjà aspiré. Je suis aspiré depuis que je suis né. Je suis né dans ce maelström dont les Landes sont l'explication et le vortex.

Le paternel m'annonce qu'il a été convoqué et interrogé par les policiers de la SRBB (Section de recherches de Bordeaux Bouliac) : ils ont évoqué une « *extorsion de fonds en bande organisée* ». Sur un ton offensif et offensé, le professeur leur a signifié que Pierre était un businessman, un investisseur, qu'il y avait méprise, maldonne : son fils avait bénéficié d'une éducation intransigeante basée sur l'éthique et les valeurs morales : ni armes, ni tabac, ni drogue, ni alcool. Je souris jaune quand j'entends les mots « éducation intransigeante ». Si mon père a offert une éducation à mon frère, s'il fallait qualifier l'éducation donnée, elle serait plutôt… le contraire d'intransigeante. Moelleuse, veloutée, élastique, accommodante ? Non, il n'y a pas vraiment de mot : décousue peut-être, un mélange d'attention, de capitulations, de rigidité, d'indifférence, d'égoïsmes, d'humeurs inexplicables, le tout saupoudré de démesure.

Le paternel m'apprend aussi que PH a fait trois jours de garde à vue, qu'il a été arrêté avec quatre autres personnes, dont un certain Diego, un « gitan à la mine patibulaire ». Le vol des tracteurs, c'est vraisemblablement lui. Mon père l'avait rencontré plusieurs fois devant la propriété. Le gitan rôdait à la recherche de mon frère évaporé.

Je raccroche. En fait, j'accuse le coup. Je le rappelle aussitôt pour des conseils : comment faire pour surmonter ce « truc » ? Le professeur professe : s'accrocher à des projets, aux petits plaisirs de la vie (*Auto Plus*, *Science & Vie*, grands crus), continuer à avancer, positiver, négliger le négatif, l'incendie, le piétiner, marcher sur les braises, ne rien ressentir, être fakir en son royaume. Des conseils qu'il s'appliquera à ne pas suivre.

*

Le soir même, au Krakatoa, bar du Xe arrondissement de Paris, j'improvise un débriefing alcoolisé. Accompagné de Kim et du pasteur Benjamin, qui offre shot sur shot, j'essaie de réfléchir, de faire le point malgré mon ivresse. Une vingtaine de flics, la brigade cynophile, une garde à vue de trois jours : cela semble disproportionné par rapport à un modeste larcin. Catégorique, je brame, en tapant sur le comptoir :

— Ça ne peut pas être qu'un vol de tractopelles, merde.

— C'est quoi aaalors ? demande Kim, tandis que les clients nous toisent.

— Un trafic de Kinder Bueno ? plaisante Benjamin.

Je souris. Puis je tempête, je peste : PH est devenu fou, il faut être fou et inconscient pour s'associer à un escroc, et surtout très con pour faire de la maison familiale un lieu de recel d'objets et de machines volés. Je conclus (pourtant j'ai encore du mal à croire à sa culpabilité) :

— Mon frère, c'est les Pieds nickelés à lui tout seul.

Kim me propose d'appeler sa chamane pour en savoir plus. Je refuse, j'éclate de rire :

— Ta chamane en carton-pâte ! La fake Clochette !

Elle me tire les cheveux. Je révise mon avis : d'accord, mais plus tard. Ignorant ma réponse, elle la contacte sur-le-champ. FaceTime : la chamane, jeune et sexy (trop sexy pour être honnête ?), s'exprime à coups de haïkus mystiques, elle assure, en repeignant ses ongles en bleu, que : « Il y a du labyrinthe dans tout bois. »

*

Une idée prise au vol. Sous la douche, elle scintille. Coupant l'eau, sortant de la cabine à la hâte, m'affublant du peignoir arc-en-ciel de Kim (seule fringue qui me tombe sous la main), je téléphone à mon paternel :

— Cette histoire de tracteurs, pap', tu sais, je l'ai mise dans le roman que je viens de finir… avant même de le savoir. Dans ta réalité, chez toi, des tracteurs volés apparaissent. Dans ma fiction, c'est ton tracteur tondeuse qui disparaît. La réalité est inversée. Tu piges ?

Je suis confus. Sans doute encore imbibé par les sanguinaires shots du pasteur.

Le professeur, imperturbable, assène :

— Cela s'appelle la résonance morphique.

Il raccroche, peu loquace.

*

Le lendemain, j'envoie un mail à l'avocat de PH, maître Mercour, pour demander ce que contient l'acte d'accusation précisément, et si les faits de recel sont avérés. La réponse de l'avocat, c'est le deuxième souffle de la déflagration. La réplique d'un séisme qui emportera mon père.

Votre frère est accusé d'enlèvement, de séquestration en bande organisée, de participation à une association de malfaiteurs, de blanchiment et d'escroquerie. Madame la juge d'instruction estime disposer d'éléments suffisamment graves et concordants, puisque votre frère a été mis en examen et placé en détention provisoire à la maison d'arrêt d'Angoulême.

Enlèvement, séquestration en bande organisée, participation à une association de malfaiteurs, blanchiment et escroquerie. Séquestration de quoi ? De pelleteuses ? Évidemment, non. Ce n'est donc pas uniquement une histoire d'engins volés. Le monde est en train de changer de dimension. Mon frère aussi.

*

Si c'était un film, ça serait lequel ? Sans comprendre pourquoi, je songe à *Alphaville* de Godard. J'essaie de m'en souvenir. Me revient cette pancarte aperçue dans une scène : « *Silence – Logique – Sécurité – Prudence* ». Le héros du film, Lemmy Caution, cherche à retrouver un agent, qui a disparu sans laisser de nouvelles : Henri Dickson, l'agent X-21. Un éclair. Oui, c'est ça, c'est rapport au chiffre 21, le titre de l'album d'Adele.

*

J'interroge l'avocat sur les risques encourus par PH. Il répond aussitôt :

Les qualifications pénales actuellement retenues contre votre frère relèvent du criminel et sont supérieures à dix ans.

Je vérifie sur le web. Cela peut grimper à vingt ans pour une séquestration, en cas d'atteinte à l'intégrité physique. C'est un choc. Effaré, je songe à la vie bousillée de mon frère. Je suis sans mots face à son abîme, ma tristesse.

J'envoie un SMS à Benjamin :

En fait, mon frangin n'est pas
accusé de vol de tracteurs

Sa réponse :

Ah oui ? Il est accusé de quoi ?
d'avoir couché sans capote ?

Son humour raté de pasteur (lubrique) me fait sourire, jaune.

*

Quelques jours passent. Je ne sais quoi penser. Ni quoi faire. Comment réagir. Je flotte. Comment tenir debout quand tout se délite ? Je me réfugie dans l'écriture, la lecture, les films (la fiction en bouclier, en cuirasse, paratonnerre du réel). Je me mets dans la tête que forcément mon frère « gère ». S'il a choisi cet avocat, il doit savoir ce qu'il fait, et s'il a merdé, il devait en mesurer les risques et les conséquences. J'en parle peu à peu à tous mes amis proches. J'organise même une soirée « pour fêter l'arrestation de mon frère ». L'ironie : seul moyen, pour moi, d'accepter la situation. L'ironie comme cocon. Je bois, je danse, je danse au bord du gouffre. J'apprivoise le précipice.

Fabien, violent, provocateur :

— Tu es enfin libre, ton frère est en prison !

Loin de la liberté, un nouveau sentiment apparaît en moi. C'est la colère. Contre mon frère. Je lui en veux d'être dans cette galère.

Je lui en veux
de s'être fait arrêter,
de ne plus être flamboyant,
de ne plus être indestructible,
de ne pas avoir fui aux Bahamas.
Je lui en veux et je ne comprends pas.

J'ai envie de crier, de hurler, de lui hurler dessus, de le radier à vie de ma vie.

*

Requiem pour un frère coffré.

*

On est mi-mai. Je reçois une nouvelle lettre manuscrite. Dans une enveloppe sans timbre. C'est très court. Terrifiant :

TU ES SUR ÉCOUTE, TOI, PAPA, KIM.

Hypocondriaque, évidemment, je panique. D'autant plus que mon père m'appelle le lendemain, pour révéler qu'un type sur Facebook l'a contacté, un certain Loulou Escobar, pour lui demander s'il voulait avoir des nouvelles de « Pierre-Henri » et vérifier s'il était bien son fils. Long voyage vers le silence. J'ai du mal à déglutir. On est peut-être réellement dans un film. Mais de qui ? Scorsese, Tarantino, Monteiro ? Les trois réunis ? Est-ce qu'on peut choisir le réalisateur ? Changer le scénario ?

— Loulou Escobar… C'est quand même improbable.

Improbable, effrayant, absurde. Je viens de voir *Narcos* et ce nom me ramène aux sauvages images de cette série. Où fuir ? Où me terrer ? Pour l'éternité, dans un freezer ? Est-ce une blague ? Non, mon père suppose que c'est un détenu qui veut le racketter. De toutes les façons, il a coupé court, ne va plus sur les réseaux sociaux. Je réfléchis à haute voix. Dans le lac gelé de ma pensée, une bulle remonte à la surface :

— Non… je ne crois pas… pap'.

— Quoi ?

— Ce Loulou Escobar… il a utilisé le prénom « Pierre-Henri », mais personne ne l'appelle comme ça, à part l'administration, donc ça m'étonnerait que ça soit un taulard. Je ne crois pas qu'il se fasse appeler Pierre-Henri en prison.

— Tu veux en venir où ?

— C'est… un surveillant qui veut te racketter.

Mon paternel raccroche sans un mot. Je tangue. Mon univers vacille davantage. La menace est générale. Le danger : partout. Diego le gitan, Loulou Escobar…

Semaine 2

J'hésite entre couper totalement les ponts avec mon frère et maintenir une passerelle. Couper les ponts, les détruire à l'explosif. Je suis dans le brouillard, en face du gouffre. Je pense : « Le gouffre, c'est celui qui nous sépare. » Kim me révèle qu'elle a eu à nouveau sa chamane sur FaceTime, qui lui a soutenu que quelque chose « fouiyait » chez moi.

— Non, je murmure, ce n'est pas une fuite, c'est le sol qui se dérobe.

*

Une lettre de PH est arrivée dans ma boîte, sans timbre à nouveau. Il me parle de cauchemar et de privation, de solitude et de férocité. Il écrit :

J'AI ÉTÉ UTILISÉ PAR LES UNS, MENACÉ PAR LES AUTRES. ILS MENAÇAIENT DE BRÛLER

LABRIT, DE PRENDRE EN OTAGE PAPA, DE S'EN PRENDRE À MES FILLES.

Il me demande d'envoyer une box maquillage et des friandises à ses enfants. Il m'implore : *OFFRE-LEUR CETTE PARENTHÈSE.* Dans cette lettre, pas d'excuses, pas de regrets, ni d'explications. Toujours le même mystère : comment puis-je recevoir une lettre sans timbre ? Comment puis-je offrir une parenthèse ? Cette requête, je la trouve triste, étrange, indécente. Je ne connais pas ses filles, je n'ai jamais été proche d'elles, je n'ai jamais été très famille. Ma famille (toute idée de famille en général), je l'ai toujours fuie instinctivement, maladivement. Je vois aussi que PH se victimise, se déresponsabilise, « ce n'est pas moi, c'est les autres ». Je me sens mal. Je ne comprends pas ce qu'il entend par « menaces ». Je me demande s'il essaie de me manipuler, s'il me raconte des salades, s'il en rajoute des tonnes. Je suis sur mes gardes. Je doute de lui, de ce qu'il me dit, de tout.

*

Comment offrir une parenthèse ?

*

Anatomie du doute. Depuis l'adolescence, PH trafique la réalité, la maquille. Son petit trafic, ce fard sur son ego : écho à la mythomanie détectée par Fabien. Je prenais ça comme une stratégie de séduction, classique et pathétique, pas vraiment une pathologie. Je connaissais bien son manège. Rouler des mécaniques. Draguer en montrant ce qu'il a, jamais ce qu'il est. Parti pour l'Asie, j'avais perdu l'habitude de le voir, de le voir faire, il avait persisté. Dernier exemple en date : à la riche héritière, Louise M. (je l'ai appris plus tard), il avait prétendu qu'il écrivait (c'étaient les livres du père), qu'il possédait une maison (c'était la mienne), tout en se glorifiant d'un passé (fantôme) d'investisseur aux États-Unis.

*

Travestir, trafiquer, embellir.

Polir son image, gommer les aspérités, à en effacer son reflet.

Se nourrir de mirages. Séduire avec des fictions, toujours insensées. Les habiter. La mécanique : vite devenue système. Mode de vie et de transport.

Le marketing de soi se transmuant en film.

De la cellophane sur le réel.

PH a toujours eu peur du sens, il s'évanouit à sa simple vue.

*

Je ne le réalise que maintenant, la fiction nous unit.

PH spécule sur l'imaginaire, fabule. Sans visage, il invente des existences hypothétiques (pour lui, les autres) qu'il renouvelle sans cesse, dans lesquelles il s'enrobe, se camoufle : masque et mascarade. Fourrures, ouates moelleuses et veloutées, elles le protègent, lui permettent de vivre au-dessus de ses moyens : au-dessus du réel.

Et moi ? Je suis issu d'une fiction. Ma mère m'a appelé Alexandre-Benoît pour rendre hommage aux livres de Frédéric Dard, à son héros San-Antonio, ou plus précisément à son partenaire et ami, l'inspecteur Alexandre-Benoît Bérurier. Obèse, libidineux, ivrogne, inculte, outrancier, fétichiste, il a, comme moi, tout pour plaire.

À mon frère : le prénom de mon grand-père. Le poids du passé.

À moi : le prénom d'un personnage de fiction. La fausse légèreté du roman.

Les choix déconcertants, chargés de sens, de ma mère, déterminant étrangement notre sort.

*

Dans le brouillard du temps,
un fragment de forêt perdu dans les Landes.
Souvenir d'un monde enfoui.

*

« Au-dessus du gouffre, il y a un fil, je pense. C'est ce qui nous relie, mon frère et moi. »

*

Dans la nuit, je mange un Whopper, marchant rue de l'Échiquier. Pourquoi je ne vais pas le voir tout de suite? Pourquoi je ne me précipite pas à son chevet? (La prison n'est pas son chevet, néanmoins c'est le seul mot qui me vient.) Je suis tétanisé. Persuadé qu'il «gère» la situation, j'ai l'intuition que cette «situation» est ingérable. J'interroge Juliette:

— Tu ferais quoi, toi, si ton frère était en prison?

— Je ferais tout pour le sortir de là.

Sa réponse est une claque. L'écho qu'elle me renvoie: pourquoi je ne fais pas tout pour le sortir de là, PH? Parce que je sais déjà que c'est impossible, que ce «*tout*» à donner, pour le sortir de «*là*» (le sortir d'où exactement?), m'annihilerait, me perdrait. Sentiment que ce «*tout*» est trop. Une promesse d'autodissolution.

*

Dans la Clio kaki déglinguée, au volant de laquelle mon frangin a été arrêté et que la police vient de restituer au paternel, il y avait, tel un résumé de son univers:

- douze canettes écrasées de Coca Zéro,
- la photocopie de la pièce d'identité d'un Albanais,
- une chemise Hugo Boss déchirée,
- une facture pour l'achat de deux dobermans,
- trois caméras GoPro,
- une boîte de cirage noir,
- un globe céleste.

Je me demande pourquoi trois caméras GoPro. La caméra des sportifs, des terroristes et des macs. Aussi : le mystère du globe céleste. Et où sont les chiens ?

*

Muet jusqu'ici, mon père est de retour. Il s'excite sur son portable. SMS en rafale.

21h18 :

ton frère m'a berné menti grugé
utilisé sur toute la ligne

21h19 :

c est fini
il faut se réjouir

21h20 :

surtout éviter empathie
et compassion

Loin de l'empathie, je suis plus proche de la tristesse. Infinie, quand je songe au destin de PH. J'ai le fugitif sentiment, sans savoir d'où ça vient, d'un cycle ou d'un cercle, qu'il tourne en rond. Emprisonné, il l'a peut-être toujours été, et d'abord dans ses rêves d'argent facile. Mais j'ai du mal à adhérer à la thèse d'un frère délinquant en col blanc. Naïvement, je me dis qu'un escroc ne peut pas se faire arrêter dans une Clio kaki pourrie. Il y a un truc qui cloche. Les condés devraient s'en rendre compte. Ils font fausse route. PH n'est pas un caïd international à la tête d'un réseau aux ramifications insoupçonnées, c'est un second couteau, un humble commis du crime, un petit bras (cassé).

Fabien :

— C'est un bandit de série B.

Je saisis, dans les derniers SMS du paternel, qu'il ne me parle pas : il se parle à lui-même, il essaie de se convaincre. « Éviter l'empathie » : tentative d'éloignement, de distanciation. Ou alors une nouvelle fois, à mots couverts, il s'adresse aux flics. Balance son fils.

*

Encore une lettre sans timbre ce matin. PH m'adresse son numéro d'écrou : le 22022. Je pénètre dans une nouvelle galaxie sémantique et elle est carcérale. Les chiffres ont muté aussi : du 21, on arrive au 22. Est-ce une guerre ? Un décompte à l'envers ?

Héritier de la passion ésotérique de ma mère-psy, reine de la numérologie, Marie-Antoinette de la psychologie par arithmancie, j'invente une concordance surnaturelle des chiffres.

Consulté, mon pasteur, Benjamin, impassible, commente :

— On est passé des 21 chapitres de l'Évangile aux 22 chapitres de l'*Apocalypse* de saint Jean.

*

L'affaire PHL ne me dévore pas totalement. Je suis sonné, mais miraculeusement, je tiens encore debout. Si j'ai tout mis de côté depuis deux ans pour écrire, j'ai un semblant d'activité : je donne des cours d'histoire du cinéma à l'université d'Évry. En pleine leçon, tandis que je diffuse *La jetée*, un uppercut me met définitivement au tapis : je suis convoqué demain pour un interrogatoire. Par SMS.

*

Aile désertée d'un bâtiment de la SRP (Section de recherches de Paris), boulevard Sérurier. Bureau décrépit, sans âme. Relents de javel. Assis, l'un à ma droite, l'autre à ma gauche, deux policiers bordelais, deux cerbères de seconde main montés à Paris, poussent une feuille sur la table indiquant les chefs d'accusation. Il y en a sept : « *Enlèvement, séquestration en bande organisée, participation à une association de malfaiteurs, blanchiment, escroquerie, tentative d'extorsion, tentative de séquestration* ». Cinq personnes sont accusées et ont été arrêtées dans cette affaire : Tino, Tatiana, Gupka, Diego, Pierre-Henri.

Avant l'interrogatoire, je me demandais quelle technique ils allaient utiliser. Bad cop, good cop ? Non. Ils sont neutres. Pas même adeptes du Progreai (Processus général de recueil des entretiens, auditions et interrogatoires du ministère de l'Intérieur). Anxieux, j'avais pris soin, la veille, d'ingurgiter ce manuel de l'interrogatoire pour les nuls.

Pensée par un criminologue québécois, le bien nommé Landry, une des techniques principales prône la fausse compassion, une proximité feinte avec le suspect, plutôt que la confrontation directe.

De quoi serais-je le suspect ?

Pas d'empathie ici de la part des deux agents : une neutralité monotone, distanciée. Sur mes gardes, je suppute une fausse indifférence, un objectif caché : m'endormir, me chloroformer, noyer le poisson de ma vigilance.

Au fil de leurs questions, je capte que l'enquête est à charge : PH serait à la tête d'un gang, réseau pyramidal d'escrocs internationaux qui détrousseraient les riches (veuves et vieilles) de la région (Gironde et Landes) pour les délester de millions superflus. Il en serait le cerveau.

J'ai envie de hurler :

— Il n'y a pas de cerveau ! Le gang est acéphale.

Concentré, focalisé sur le flingue qu'ils tripotent machinalement, j'essaie de peser mes mots, tout en étant volubile. Volubile, je dissimule mon angoisse. Étrangement, je me sens coupable. De quoi, merde ? Au bout d'une heure, je comprends que PH est accusé d'avoir séquestré, intimidé et frappé deux personnes différentes, épaulé par deux « bandes » distinctes, des gitans et des vigiles, gravitant dans des univers opposés : bois pour les uns et boîtes de nuit pour les autres. Deux histoires séparées, deux lieux (Toulouse et Bordeaux), deux temps (novembre et janvier). Les agents évoquent une « réitération » des faits qui prouverait les motivations criminelles de PH, le maillage de malfaiteurs qu'il a tissé.

— Pierre-Henri, pour vous, il est comment ? demande l'agent V. en mâchant un cure-dent.

— Naïf, gentil et… loyal.

Je le défends à dessein. Le mot « gentil » les énerve. L'agent V. me dévisage, l'œil noir :

— Il est louche, non ?

— Je ne sais pas s'il est louche, mais il est flou. C'est familial, ça.

— Il ne vous a jamais parlé de ses problèmes ?

— Lesquels ?

L'autre agent intervient :

— Cette société de location de voitures, Flagrance, elle existe vraiment ?

— Vous doutez de l'existence de sa société ?

— On doute de tout, par principe.

— Mon frère ne vous a rien dit ?

— Négatif. Pierre-Henri n'est pas très… coopératif.

— Et dans les combles de la maison de mon père, vous n'avez rien trouvé non plus ?

L'agent V. soupire, me toise d'un air blasé, agitant le cure-dent, confesse :

— Quand on a vu le bordel qui régnait… on a abandonné les fouilles. Il aurait fallu des semaines pour en venir à bout.

Je songe au bazar paternel. C'est vrai, c'est une maladie chez lui, ou plutôt une religion : le désordre est son Église. (Dont nous, ses fils, serions les fidèles.)

L'agent V. interrompt cet embryon d'introspection :

— Au fait, pourquoi cachez-vous à votre père que vous êtes remarié ?

La question n'a rien à voir, prononcée d'un ton faussement anodin. Elle me décontenance. Leur technique, c'est donc de passer du coq à l'âne, en mode sainte-nitouche. Ils ont adapté le Progreai québécois : j'ai face à moi la version French-nitouche. Ils me testent. Et comment savent-ils cela ? Je frissonne : ma vie entière a été passée aux X-rays, mon intimité éviscérée. En culpabilisant, je bredouille :

— Quand je vous dis que le flou, c'est familial… ça vaut aussi pour moi. J'ai divorcé en catimini. Puis je me suis marié, à nouveau, avec Kim, tout aussi furtivement, enfin je veux dire en petit comité, et je… comptais le prévenir, fêter ça plus tard, et… finalement…

Pourquoi me justifier, comme si j'étais devant le Jugement dernier de ma vie conjugale ?

— Vous savez, ce que je ne comprends pas c'est… comment mon frère a pu passer d'entrepreneur, euh… à…

— Prévenu, complète l'agent V., cure-dent à la bouche.

— Enfin, oui, euh, présumé cerveau.

Je me demande si le cure-dent fait partie de leur technique de déstabilisation. Le policier L. hausse les épaules :

— Une spirale.

Un silence. Il précise sa pensée, lourde de sous-sens entendus :

— La spirale de la violence.

Donc, les policiers pensent que la violence est une spirale : elle n'a pas de racine, ne s'explique pas, naît du néant ? Ça signifie quoi « la spirale de la violence » pour eux ? Qu'il a été aspiré, absorbé par son environnement, la sauvagerie légendaire de la nature humaine ?

Je fronce les sourcils :

— Une spirale ? Non, je ne visualise pas. Il a dû agir sous influence. Pas possible autrement.

L'interrogatoire dure trois heures.

À la fin, ils me présentent un trombinoscope : quatre pages de têtes patibulaires et tatouées qui tranchent avec celle de PH. Ils me demandent si je reconnais des gens, relations ou amis.

— Non, personne. Excepté mon frère. Et… si j'avais su qu'il avait ce genre de fréquentations, vu leurs sales gueules, je lui aurais recommandé de fuir.

L'agent V. s'indigne, pointant avec son cure-dent un visage :

— Y a pas que des gangsters dans ce trombinoscope, monsieur Labruffe, y a des collègues aussi.

— Ah…

— Oui, pour brouiller les pistes. Bon… quand avez-vous vu Pierre-Henri pour la dernière fois ?

— Il a dormi chez nous cinq ou six jours avant de se faire arrêter, je crois.

— Il ne vous a pas laissé un sac noir ?

— Euh… non.

Je mens éhontément. Pour la beauté du geste. Je me prends pour un esthète. Un héros. Ils se lèvent, vont dans le couloir, entament un conciliabule à voix basse, reviennent.

— Vous comprenez bien qu'on va devoir perquisitionner votre appartement ?

Le verbe me glace. Je songe au sac noir. Quel esthète inconséquent je fais. Le héros prend l'eau. Son sang-froid aussi :

— Est-ce que je peux appeler ma compagne avant d'arriver ? C'est que… euh… elle risque d'être… encore au lit.

Pourquoi je leur lâche ça ? Ils me reluquent bizarrement, répondent du bout des lèvres, en tripotant à nouveau leur flingue, comme si c'était des amulettes.

*

En chemin, ils m'annoncent que Pierre-Henri a été arrêté place de la Victoire à Bordeaux, alors qu'il dormait dans la Clio kaki stationnée sur le trottoir.

— Vous savez ce qu'il faisait dans ce quartier ?

Comment pourrais-je le savoir ?

Je pense : « La Victoire, lieu de sa déroute. » Je tords cette phrase dans tous les sens. Je l'essore. Une goutte perle : un bout de mémoire.

Au sortir de la guerre, mon grand-père paternel, Auguste (deuxième prénom de mon frère), était le serveur emblématique d'un bar baptisé en son honneur : Chez Auguste. Place de la Victoire justement. Gloire pour Auguste, déroute pour Pierre-Henri, cette place recèle une anomalie temporelle, un paradoxe familial. Dans la (pré)nomination de mon frère, sont scellés deux destins inversés : explosion et firmament. Que faisait Pierre-Henri Auguste dans ce quartier ? Coïncidence, pèlerinage ou testament ?

Se concentrer. Revenir du passé. De ces mots que j'essore. Se contenter du présent, de peu. Se préparer à la perquisition, au pire.

Qu'est-ce que les flics pourraient trouver de compromettant chez moi, à part le sac noir ? Les lettres que j'ai reçues de PH, et… un pot de confiture rempli de marijuana planqué dans le frigo. Mes nerfs vrillent. Deux minutes avant d'arriver, rue Juliette-Dodu, j'ai l'autorisation de téléphoner à Kim à qui j'explique, en suant, la situation, l'imminence de la perquisition. Elle ne m'écoute pas, m'interdit de débarquer avant dix minutes avec mes « inviiités », le temps qu'elle soit prête, se maquille, s'habille, prenne son café-kimchi. Je proteste :

— Euh non, on est en bas, là, et c'est pas « mes invités », mais elle a déjà raccroché.

*

Les inspecteurs sont derrière moi (leur souffle sur ma nuque) lorsque je commence à ouvrir la porte. J'entends alors un hurlement, un cri de Kim :

— Naaan.

On entend des bruits. Des choses qui tombent. Je me retourne. Ils me regardent, surpris, se tendent, se figent, prêts à sortir les menottes, me plaquer contre le mur, défoncer la porte. (« Ils sont dressés pour ça, je pense. Ils sont dressés pour douter. Douter et dégainer. ») Je tente de désamorcer la situation, mais perds mes mots, ma langue se déconnecte de mon cerveau. Au bord de l'évanouissement, je baragouine une explication vaseuse :

— Ma compagne est nue. Elle doit sortir de la douche. Elle est souvent nue. Les bruits, là, euh… c'est… elle range à mon avis. Elle est coréenne, elle est un peu maniaque, surtout quand on reçoit des invités.

Une image ridicule me traverse : ce que j'implante en eux, une Corée nue et maniaque. Leur pensée vire au translucide : « Ce mec est dingue. » J'attends une minute qui paraît une éternité.

Et dans cette éternité,
l'agent V. prêt à me dézinguer
(cure-dent à la bouche).

J'ouvre à nouveau la porte. Toujours les hurlements de Kim :

— Naaan naaan.

Prendre les jambes à mon cou ? Mon courage à deux mains ? Je décide d'entrer. À moitié nue, Kim proteste contre notre arrivée inopinée, m'engueule, me jette une bouteille de shampoing à la figure, que j'esquive de justesse, s'enfuit dans la salle de bains. Les policiers pénètrent dans l'appartement, méfiants, commencent leur fouille sans ambages, se concentrant sur la cuisine, le salon, les placards, délaissant le frigo. L'agent V. s'intéresse particulièrement à la caisse métallique posée par terre au milieu du salon, qui sert de reposoir à quelques livres et à un lecteur de vinyles. Il l'ouvre, y découvre des escarpins taille 41,5, scrute Kim, qui sort de la douche, ses pieds. Elle fait du 36. Il observe les miens, ombrageux, referme la malle, veut dire quelque chose, se ravise. Je respire. Au bout de quelques minutes de recherche, l'agent V. se détend, il sait qu'il ne va rien trouver, demande, rictus au coin des lèvres :

— Votre frère ne vous a pas laissé des Kinder Bueno ?

Sa plaisanterie me laisse pantois.

— Comment vous savez ?

— Bah, ça fait plusieurs mois qu'on le file. On connaît la bête, maintenant, commente l'autre collègue.

— Ouais... Lors de la fouille de votre maison landaise, Pierre-Henri nous a dit que sa chambre était à gauche, à l'étage. Évidemment, je suis allé ratisser la chambre de droite. J'ai eu du flair. Il y avait des emballages de Kinder Bueno partout. Là, j'ai su qu'il nous racontait des craques.

Les Kinder Bueno ont trahi mon frère. Le collègue ricane :

— Du coup, on l'a appelé Mister Kinder.

Je me promets de ne jamais plus en manger. L'agent V. surenchérit :

— Docteur Craques et Mister Kinder.

Après un examen superficiel de la bibliothèque (ils n'ont pas même effleuré le livre *N'entre pas si vite dans cette nuit noire* où ils auraient trouvé la lettre de PH, prétendant que j'étais sur écoute), ils se rendent dans la chambre, passent en revue étagères, tiroirs, penderie. Mine de rien, je passe devant l'agent L., m'approche du bureau, saisis une chemise jaune renfermant quelques notes prises sur PH depuis le début de l'affaire. Je garde le dossier à la main. Brusquement le policier L., brandissant ce qu'il trouve dans un tiroir, s'écrie, comme si c'était une pièce à conviction majeure :

— Et ça, c'est quoi ?!

Dans ses mains : un tas de feuilles volantes, les brouillons de *Chroniques d'une station-service*. Je bégaie :

— C'est… c'est le manuscrit de mon futur roman.

Vont-ils me coffrer pour ça ? Qui m'a balancé ? Mes amis ? Ma psy ? Mon acupuncteur ? Mes éditeurs ? À deux doigts de filer à l'anglaise, je respire, « tu te calmes », je pense à Kim (si je fuis, elle part au trou), cette idée m'assagit, ce n'est pas le moment de dérailler. Pourquoi secoue-t-il les feuillets en l'air, tel un trophée, une panthère morte empaillée ?

L'agent V. intervient (son cure-dent a disparu – il l'a avalé ?) :

— Votre roman, ça me fait penser à un livre que j'ai lu et qu'était pas mal : *La dernière réunion des filles de la station-service*. Vous connaissez ?

Je n'ai pas abordé le sujet devant eux. Comment sait-il pour mon bouquin ? L'évidence toujours aveuglante : j'ai été sur écoute. Pour une fois, PH avait raison. Ils savent tout de moi, mes vices ont été radiographiés, ma vie : punaisée sur un mur. Avec le sentiment d'avoir été dépecé, j'articule avec peine :

— Ah non, faudrait que je le lise alors.

— Bah oui, qu'on vous accuse pas de plagiat.

À nouveau une blague. Je souris, pâle, inexplicablement en sueur. Ils stoppent la fouille, me font signer je ne sais quoi, partent. Mon apnée prend fin.

*

Enfin, non, mon apnée, cette année, sera sans fin.

*

Comment déminer le réel ?

Bière à la main, affalé sur le canapé, Kim comme écharpe (elle s'est littéralement enroulée autour de moi, elle se prend parfois pour un boa), j'envoie des SMS à Benjamin. (Benjamin, c'est le masculin de Kim, ma seconde moitié. On forme un couple à trois, je crois.)

> j'ai été interrogé par les flics
> ils cherchaient le cerveau de l'affaire
>
> je leur ai tout balancé
> je leur ai dit que c'était toi
> que le cerveau, c'était un pasteur

Benjamin :

> le cerveau c'est Dieu

Moi :

> alors ils sont sur sa trace

Plus tard :

> Dieu est un mytho

J'appelle mon ami pour lui raconter la descente de police, la nudité de Kim, les blagues de l'agent V., ses conseils de lecture. Il commente :

— Enfin un flic qui lit.

Sur le web, je vérifie le roman conseillé par l'agent, *La dernière réunion des filles de la station-service* de Fannie Flagg. Je le commande et c'est une amende que je m'inflige, là, je crois. Puis je sors le sac noir de PH de dessous le lit pour le balancer à la poubelle. Les flics n'y croyaient pas à cette perquisition. Ils l'ont bâclée.

Kim tapote sur son portable, m'annonce que Nina, la compagne roumaine de PH, l'a appelée. Elle a été interrogée elle aussi. On la rejoint à Château d'Eau. Avare de mots, elle ne nous apprend rien de spécial, juste que les policiers ont posé beaucoup de questions sur mon père, leurs relations (il la coachait à ses heures perdues). De quoi mon père est-il suspecté ? Nina leur avait répété que le professeur Alain était brillant et irréprochable. Un des policiers avait répliqué :

— On ne sait pas s'il est irréprochable, en tout cas, il est loin d'être réaliste.

*

Numéro d'écrou, chef d'inculpation, arrestation, interrogatoire, perquisition, suspicion, détention, séquestration, extorsion… : le champ sémantique de ma vie change.

*

Le soir, je reçois un mail qui augmente les pulsations de mon cœur. L'objet : « *Urgent : très préoccupant* ». Est-ce en lien avec l'instruction en cours ? Non, c'est le président du syndic qui s'alarme, lance un SOS : « *La situation de notre ascenseur est désespérée.* » Il en parle comme si c'était un proche, « *Otis est sur le point de rendre l'âme* », souhaite qu'on respecte son agonie, « *notre devoir est de ne plus le solliciter* », exige l'intervention d'un chirurgien, d'un prêtre, d'un croque-mort.

*

Épitaphe pour un ascenseur.

*

Le grand écart entre ses préoccupations et les miennes me laisse pensif. Le président du syndic doit vraiment s'emmerder dans la vie. Ou il joue son rôle avec le plus grand sérieux : ce qui est pire. Ou alors, autre explication possible : son père était légionnaire. Je m'imagine un instant briguer la présidence du syndic de l'immeuble. Mes propositions alternatives. Mon élection triomphale, les doigts en V sur le balcon, Kim, kimono paillettes, talons roses, sur mes épaules. Puis, première décision : bouter ce psychofasciste frigide hors du passage du Désir, libérer l'immeuble de son joug. L'ouvrir aux SDF, aux migrants, aux artistes, aux traders repentis. Acclamation de la foule.

*

Tard, le soir, je redescends sur terre. L'affaire me pèse, plus que je ne le souhaite. SMS à Benjamin :

envie de boire
de crier de me casser
partir très loin

À défaut de partir, je me coupe de tout quelques jours. Je flotte. Je coule ? Rien ne me paraît réel. Ou plutôt tout me paraît trop réel.

*

Le silence de mon père m'inquiète, finit par me sortir de ma torpeur. Il fait le mort. Sans doute vais-je devoir aller lui rendre visite.

*

Alors que je suis plongé dans la lecture d'*Ubik*, la messagerie instantanée coréenne, KakaoTalk, cousine asiatique de WhatsApp, bipe, signale un message d'un interlocuteur inconnu, au pseudo gothique : « ExoSkelet ».

Diego le gitan, Loulou Escobar, maintenant ExoSkelet : triptyque d'une affaire abracadabrante ?

J'ai un frisson, pourtant je clique sur ce qui pourrait être un spam. Non, c'est PH. Il a réussi à avoir accès à un portable en prison.

Il dit :

sortez moi de la
c'est la guerre ici

Il dit :

sauvez moi

Il dit :

contactez la famille les amis
tes connaissances ton banquier
vois ton ambassadeur
qu'il fasse dégonfler le soufflé
des chefs d'accusation

Ses messages en rafales, ses propos, sa détresse, son chantage (y a-t-il chantage d'ailleurs ? Tout est en train de devenir chantage pour moi) me déchirent. Je réponds que je ne suis pas Superman, ni le sauveur de la famille Labruffe.

Il dit :

Nina veut m'abandonner
papa veut m'abandonner
vous me laissez seul

Je réponds :

pap' est au
36e dessous, merde

Il dit :

> tu m'as assuré
> qu'elle m'aimait,
> Nina, c'est donc faux

Je n'ai rien assuré du tout. C'est un dialogue de sourds, de ventriloques. Je refuse de continuer. Je monte sur mes grands chevaux, citant l'article 434-35 du Code pénal, je lui martèle que je risque la prison en lui parlant (un an d'emprisonnement, 15 000 € d'amende). D'après lui, tout le monde fait ça, et c'est les surveillants qui vendent les portables. Je m'en fous, je coupe court. En sueur. Comme si je sortais d'un sauna habillé de moon boots, d'un jogging et d'une chapka.

Kim ne comprend pas mon état, ce qui me transforme, elle suppose que je suis en hypoglycémie, me propose une soupe coréenne, des algues, un sucre, du poulpe séché, elle ne sait pas que je communique illégalement avec PH. J'avale le tout et finis par le lui révéler.

Kim appelle sa chamane qui lui conseille de me donner du ginseng.

Du ginseng pour surfer sur le chaos ?

Je songe à la demande ahurissante de mon frère : que je contacte un ami ambassadeur, rencontré en Corée du Sud dans un temple, pour qu'il fasse « dégonfler le soufflé des chefs d'accusation ». Il déraille complètement ? Comme si un ambassadeur avait des pouvoirs suprêmes, pouvait interférer avec la justice. Peut-être : dans l'empire ubuesque où vit PH, un haut fonctionnaire, c'est Dieu. Est-ce l'effet de son incarcération ? Pour la première fois, je m'interroge sur sa déconnexion totale de la réalité. Fugitif, un autre sentiment me traverse. Je n'arrive pas à le définir. Ah si : il est désespéré. Il n'a aucun plan. Et là, il panique. Le masque du grand-frère-qui-gère s'écaille.

*

Son pseudo m'interroge. Pourquoi ExoSkelet ? L'étrangeté de son choix. Je réfléchis à sa signification. Un exosquelette est une carapace, une enveloppe externe, propre aux invertébrés, ce qui protège les crustacés, les mollusques ou les insectes du monde extérieur. Un exosquelette peut être également une prothèse robotisée destinée à faire remarcher un humain ou faire se mouvoir un membre handicapé.

Quel membre PH a-t-il perdu ? A-t-il besoin d'un exocerveau ?

ÉTÉ

Vous êtes en dehors de la réalité

23 juin

« C'est comme si une comète était tombée sur mon dos. C'est comme si elle m'avait soufflé. Je n'arrive pas à m'en remettre. »

*

3 h du matin, Labrit, chaleur étouffante, un fantôme nous accueille. Mon père, blême, sort de sa chambre.

Avant : l'autoroute, sept heures de trajet, quelques stops prolongés dans des stations-service désertes et postfuturistes, la poésie déchirante des non-lieux, la traversée des Landes, les routes bordées de platanes, encerclées de pins, dans les fossés, les yeux luisants des chevreuils, puis l'arrivée, toujours surnaturelle, sous la lune.

*

Notre maison familiale, une ancienne ferme landaise, se trouve au milieu d'une pinède, isolée de tout. On y accède par un chemin de terre d'un kilomètre. Il fait nuit. Au bout du chemin, dans l'airial, à côté des granges, les pleins phares éclairent un lapin démesuré, massif et majestueux, qui nous observe avant de s'enfuir derrière la BMW 2002 Turbo vintage du paternel. Je n'ai pas pensé immédiatement au lapin d'*Alice au pays des merveilles*. J'y penserai par la suite, le lapin ne cessant de revenir, de passer, de traverser la propriété, parfois même en plein jour, vaquant à ses activités devant nous, insensible à notre présence. Insouciant et absorbé, de quel univers était-il la clef?

*

Mon père fait peur à voir. Son visage est un linceul. Ses yeux d'outre-tombe. Benjamin et Kim, qui m'accompagnent, l'observent épouvantés. Il a maigri depuis notre dernière visite en janvier. Ses joues se sont creusées. Comment a-t-il pu se laisser aller à ce point? Il s'assoit près de la cheminée, où on improvise un feu pour se souvenir de l'hiver.

Kim l'interpelle:

— Ça vaaa, monsieur Alain?

Il répond d'un « non » sec. Il ne mange plus trop depuis plusieurs jours, rien ne passe. Il ne digère pas l'arrestation de son fils aîné. Ce plat l'intoxique. Respirant avec peine, il murmure quelque chose. Je n'entends pas.

— Quoi?

Il répète :

— C'est comme si une comète était tombée sur mon dos. C'est comme si elle m'avait soufflé. Je n'arrive pas à m'en remettre.

Un instant, dans ma tête : l'image d'une comète qui s'écrase sur une planète, perfore son atmosphère. Son explosion sur le sol. Le souffle qui se propage, emporte tout sur son passage. Le spectacle de cet astre qui s'abat sur le dos de mon père. La puissance de cette image. Son dos ravagé. La pensée fugace qu'il ne pourra pas s'en sortir.

On discute jusqu'à 5 h du matin peut-être. J'essaie de plaisanter pour dissimuler mon effarement.

*

Des semaines plus tard, je penserai : « Une comète a tué mon père. » Beauté tragique de cette phrase.

*

Avant de se coucher, Alain évoque la prof d'allemand de Pierre. Je ne comprends pas :

— Quoi ?

— La prof d'allemand a traité ton frère de nazi, au lycée, tout vient de là.

— Comment ça, tout vient de là ?

— Ton frère, tous ses problèmes.

Je souris. Ce qu'il énonce est aberrant, d'autant plus qu'il est psy. Je me demande s'il débloque, si c'est Alzheimer.

Je pige qu'il tourne en rond dans sa tête, et seul, cherchant des pis-aller d'explications, des responsabilités externes à la déroute de son fils, à la banqueroute de sa vie, au bug de son ADN.

Mon père rallie sa chambre. Benjamin, qui nous écoutait en buvant un armagnac, se moque :

— J'ai pas compris : ton frangin roulait en BMW et se faisait traiter de nazi par la prof d'allemand, c'est ça le truc ? C'est pour ça qu'il est en prison ?

— Il faut croire, j'ironise, amer, que le choix de la deuxième langue vivante est déterminant dans une vie.

*

24 juin

Le lendemain, nous allons voir un ami landais, Sébastien, qui habite à Luglon, lui aussi dans une maison perdue au milieu des bois, à quelques kilomètres de Labrit.

Je synthétise l'affaire PHL. Il tombe des nues. Mon frère est venu lui rendre visite il y a un mois, avec l'intention de lui vendre un tracteur : un New Holland T7 315, élu « Machine de l'année 2016 » grâce à « *son look à avaler les hectares* » et « *la productivité de sa presse à balles rectangulaires* ». Sébastien a cru un instant que PH, transfiguré, était devenu VRP en machines agricoles. Non. Selon ses propres dires, le frangin, escroqué par une banque basque, avait fini par retrouver les instigateurs de la mystification, les aurait intimidés grâce à un pote gitan. En échange des fonds, évanouis dans un compte offshore inaccessible, les Espagnols lui avaient proposé des tracteurs agricoles et des pelleteuses. PH avait sauté sur ce deal paranormal.

Le récit de mon frère a muté. Avec moi, c'était un immeuble. Et il n'y avait pas de gitan. Où s'arrête la vérité ? Où démarre la fiction ? Comment recomposer le réel alors que PH le distord, le pulvérise, en mélangeant le faux et le vrai, la vase et le nectar ?

— À bien y penser, il semblait paumé, ton brother. Et aux aguets.

Sébastien ayant demandé plus d'infos sur le gitan, PH avait affirmé que ce gros bras s'était décrété ange gardien, garde du corps, mais qu'en fait c'était un despote. Il avait évoqué la perceuse que ce Rambo landais utilisait pour liquéfier les volontés. Obtenir des gens ce qu'il voulait. Une perceuse sur la tempe : plus efficace qu'un flingue.

*

Le brouillard
se couche
sur les Landes,
mon entendement.

*

La Clio kaki traverse la brume nocturne qui recouvre la forêt et lui donne un air horrifique de conte de fées. D'autant plus horrifique qu'on écoute plein tube la *Rapsodie espagnole* de Ravel : le début de la première partie, « Prélude à la nuit », en boucle et sans fin. Alain nous attend près de la cheminée allumée. On savoure un moment de calme, autour d'un bas-armagnac, passion passée du professeur. Il brise le silence :

— J'ai vu ta mère.

Ma mère est morte en 2016. On est en 2018.

— Quoi ?

Il répète, buté :

— J'ai vu ta mère.

J'éclate de rire :

— Tu débloques, pap' ?

— Non, il y a quelques semaines, j'ai vu ta mère, c'était un ectoplasme, il me suivait partout, jusqu'aux W-C, je me suis excusé, j'ai pleuré et il est parti.

Le reflet des flammes sur son visage livide.

Je ne pense pas à lui demander de quoi il s'est excusé. De ne pas avoir su mieux la tromper ? Je reste sans voix.

*

La possibilité de l'ectoplasme.

*

Interloqués eux aussi, Kim et Benjamin le regardent s'éclipser, en titubant. Son ombre ondulant sur les murs.

— Tu crois qu'il parlait d'elle, de madaaame ?

Sa voix rebondit dans mon verre d'armagnac, me sort de

mes vapeurs. Kim désigne, amusée, le mannequin femme, en cire, que « monsieur Aaalain » a placé devant la fenêtre du salon, pour effrayer les voleurs lorsqu'il n'est pas là.

Épouvantail ou compagne ? Je m'y suis tellement habitué que j'en oublie sa présence. Elle fait partie du décor, des meubles, de la famille,

assise à une table, seule,
à côté de la vieille chaîne hi-fi,
maquillée, éternelle, absolue,
vêtue d'une robe vert Empire,
regardant dans le vague
avec une certaine grâce,
teintée d'arrogance et de douceur.

Je la considère tel un membre de notre lignée : l'amante muette de mon père, mon inamovible belle-mère. C'est la seule femme finalement qui le supporte sans rien dire. Immuable muse, elle n'a pas bougé depuis plus de vingt-cinq ans.

Dans cette maison perdue, au plus profond des Landes,
à l'écart de la société, loin de ses pairs,
c'est la compagne mutique d'un ermite.

Je souris :

— Je ne crois pas. Elle, c'est plutôt l'antithèse de l'ectoplasme.

*

Comment prendre ces anecdotes (l'ectoplasme et le délire nazi) ? Comme une marée d'idées noires ? Un magma qui noie mon père, l'englue, englue sa raison ? Où les ranger ? Que faire de cet ectoplasme et de cette comète ? Je les pose sur une étagère poussiéreuse de mon cerveau. Je les pose et je les oublie.

*

Le lendemain, j'entreprends ma première inspection de la maison paternelle à la recherche de… quoi ? On va dire : de ce que les enquêteurs n'ont pas découvert, puisqu'ils ont abandonné les recherches, découragés par la pagaille submergeant le lieu. J'espère trouver de l'argent. Loin d'être méthodique, ma fouille est désordonnée, fiévreuse. Je fouille, je fouille, ne trouve rien. Je m'enfonce juste dans un labyrinthe. Évidemment, ce n'est pas de l'argent que je cherche, c'est des réponses. Mais non, rien. Aucune trace d'aucune réponse. Dans la chambre de PH : juste des factures d'hôtel cinq étoiles (Peninsula, Meurice, etc.) libellées à ses différents noms d'emprunt, des emballages de Kinder Bueno, des bouteilles plastique remplies d'urine, de la paperasse. Dans les combles : un violon de valeur et une arbalète. Rien de probant, à part ça. Je suis trop médusé par le train de vie hallucinant de PH et de sa compagne Nina pour me dire qu'une arbalète, c'est anormal. Ils ont dépensé en moins de deux ans (je ferai le décompte plus tard) 30 000 € en hébergement et en repas. Aucun indice. Rien qu'un nuage doré, sur lequel ils ont vécu, au-dessus de leurs moyens.

Kim se pointe, une brochette de crabes grillés au kimchi dans une main, mon portable dans l'autre, qu'elle me tend.

C'est l'avocat, maître Mercour, qui menace de lâcher l'affaire PHL si je ne lui verse pas ce que « la famille » lui doit : ses honoraires impayés. Soit environ 4 000 €, vingt heures de travail, sans compter ses per diem et ses innombrables déplacements. Je lui réplique que je ne suis pas le chef de famille, lui conseille d'aller se faire cuire un œuf, en gobant machinalement le crustacé que Kim me glisse dans la bouche.

— Best craaabe ever.

*

25 juin

Avant de repartir pour Paris, on boit un café-bière au Cercle des Démocrates, le bar associatif installé au centre du village. Kim discute avec la serveuse, Sylvia. Elle est polonaise et explique avec humour qu'elle a été kidnappée il y a vingt ans par un routier landais fou d'amour. C'est pour cette raison qu'elle se retrouve ici, dans ce trou à rêves. Benjamin sympathise avec un habitué ivre, qui se tient, tant bien que mal, à côté de lui, accoudé au comptoir.

— Pourquoi çaaa s'appelle le Cercle des Démocraaates ? Vous êtes prodémocraaates ou quoi ? taquine Kim.

— Ah non, on fait pas de politique ici.

Sylvia explique :

— Dans les Landes, il y a des cercles partout. Des Travailleurs, des Démocrates, de la Paix, de l'Union, et même de l'Avenir, ha ha.

Attablé autour d'un pichet de vin landais, le Tursan, un érudit local, roi de la bande d'habitués, nous apprend que certains cercles ont pu avoir à l'époque des colorations politiques. À Saint-Symphorien, par exemple, le village de Mauriac, le Cercle ouvrier accueillait les notables du coin et des républicains anticléricaux, soucieux des déshérités, des veuves et des orphelins. Les cercles étaient réservés aux hommes et aux lettrés.

*

Sur l'autoroute, je conduis de nuit sans m'arrêter jusqu'à Paris, guidé par les feux antibrouillard des véhicules qui me devancent. Nous laissons les Landes derrière nous. Le Cercle à ses démocrates. Mon père à ses affres.

*

29 juin

Alors que Kim prépare un carpaccio d'araignée de mer au piment laotien, une manifestation d'activistes végans passe devant les fenêtres de notre appartement parisien, aux cris de : « Fuck the meat », « Sus au carné ». Les slogans sur l'abolition de la viande perturbent légèrement mon hypnose BFM. Invasion de tiques à pattes rayées, nuit des églises, passages piétons vandalisés, fusillade à Annapolis dans le Maryland, suppression de sept cents postes à la

SNCF (branche fret) : je ne sais quelle info me fascine ou m'inquiète le plus.

Mon smartphone s'illumine. Un Scud d'ExoSkelet. Il brise l'écran (mental) que je suis en train d'édifier entre lui et moi.

> il faut me sauver
> vous m'abandonnez !

Je réponds :

> je peux pas tout gérer
> pap' ne va pas bien

Il s'étonne :

> mais pourquoi il va pas bien
> ça pourrait être la cause de sa vie
> je pourrais être la cause de sa vie

La cause de sa vie… Mon frère voulait être la cause de la vie de mon père : il sera bientôt la cause de sa mort.

*

29 juin

Au téléphone, Alain hurle :

— Ton frère, il n'existe plus.

« A-t-il jamais existé ? » je pense.

— Il est mort, il est mort pour moi !

Le professeur se calme, me révèle qu'il ne sort plus de sa chambre. Il ne mange plus depuis notre départ. Ce qu'il avale, il le vomit.

*

1er juillet

Au milieu d'une sieste, j'envoie un SMS à Benjamin :

insubmersible

Souvent je rêve de mots, je me réveille, de mes sommeils, avec un mot, en tête, qui clignote. Je lui déclare que ça sera le mot de l'été. Je ne croyais pas si bien dire : ça sera, en fin de compte, le mot de l'année.

Devant moi j'ai un cul
insubmersible

C'est la réponse de Benjamin. La réponse d'un pasteur érotomane. (Évidemment, c'est le cul d'un homme.)

*

2 juillet

Mon père téléphone pour m'annoncer son hospitalisation à Mont-de-Marsan : il ne tient plus debout. Son ex-compagne, Paulette (compagne ou ex : difficile à dire, tellement ils ne cessent de rompre et de se remettre ensemble), va le conduire au CHU. Intuition surgie des limbes, énigmatique association d'idées, je l'interroge abruptement sur l'enfance de PH : a-t-il été victime d'un traumatisme plus jeune ? Diagnostiqué dingue ? Je n'entends pas sa réponse. Il y a de la friture sur la ligne. Il évoque les quinze voitures que mon frangin a crashées. Son analyse grésille : PH a développé un sentiment de toute-puissance. C'est le nom de son syndrome.

*

3 juillet

Sans nouvelles d'Alain, qui ne répond plus au téléphone, Paulette a remué ciel et terre pour apprendre que son néo-amoureux a été transféré hier soir en urgence à Pau. Il est désormais en train d'être acheminé, inconscient, à Bordeaux, au CHU. Il y sera ce soir tard. Elle a aussi reçu un appel inquiétant le matin d'une inconnue, qui s'enquérait de l'état d'Alain, sans vouloir dévoiler son nom. Qui court après le professeur ?

Fin de journée, elle me téléphone à nouveau. Avec la voix d'une dinde congelée, en mode panique dans la carlingue, elle explique qu'elle vient de croiser, à l'hôpital, une blonde peroxydée attendant devant la porte de la chambre de mon père. Cette « vieille bimbo liftée » n'a pas voulu révéler qui elle était, ni ce qu'elle voulait. Elle est partie sans un mot, brusquement, avant même l'arrivée du paternel, qui était encore au service admission.

— On en veut à Alain! Mon Dieu! C'est lié à Pierre-Henri, sûr. Cette blondasse, c'est la mafia russe qui l'envoie. Ou les gitans landais. Comment savait-elle que votre père allait être au CHU de Bordeaux alors qu'il était dans les vapes, qu'il n'a pu prévenir personne?

Son affolement frise l'extase.

Stoïque devant l'improbable, je réponds (sans certitude, plus par provocation):

— Ça doit être une de ses innombrables conquêtes.

*

7 juillet

Mon père a repris connaissance. Il a perdu l'usage de ses reins mais le voilà rassuré: le malaise ou le mal-être qu'il traîne depuis un mois a un nom, le syndrome de Goodpasture, une affection auto-immune très rare. Générant perte d'appétit, nausées, déficience de nombreux organes, elle est caractérisée par un fonctionnement inversé des anticorps. En gros, le corps se consume de l'intérieur. C'est curable, grâce à des dialyses hebdomadaires, un traitement à vie.

Il avait une chance sur un million de l'attraper. Son origine pourrait être une exposition prolongée aux hydrocarbures. Mon paternel, ayant été consultant chez Elf, assure que c'est lié. Il va rester sous surveillance neuf ou dix jours, ont annoncé les médecins. Des jours qui se transformeront en semaines.

*

11 juillet

Retour dans les Landes. Décision a été prise : m'y installer pour l'été, être au plus près du père. Je débarque à Labrit avec Kim, vers midi, accueilli une nouvelle fois par le lapin géant qui gambade dans le jardin. Il a fait de la propriété son terrain de jeu. On le dérange, visiblement.

À l'hôpital, où on a fait un stop, j'ai demandé au paternel s'il savait qui pouvait se cacher derrière la mystérieuse blonde siliconée, la « bimbo à retardement » croisée par son ex. Il a confirmé que c'était une de ses amantes du moment : extravagante, intellectuelle, fortunée, accessoirement mariée.

Kim s'interroge : combien de concubines monsieur Alain possède ? Je n'en connais que trois : Paulette, Isabelle et Sylvie (l'ancienne meilleure amie de ma mère). J'imagine un harem.

Coupant le moteur vanné de la Clio, je réalise soudain qu'on lui a attribué la chambre n° 23.

21, 22, 23 : le décompte se poursuit.

L'été débute et sera sans fin.

*

12 juillet

Quelqu'un frappe à la porte d'entrée. J'ouvre, nu sous une robe de chambre en soie rouge, en espadrilles vert anis. C'est un huissier à la moustache rétro. Il porte des lunettes de soleil avec des branches léopard, a l'air de sortir des *Triplettes de Belleville*. Le professeur Alain Labruffe et sa société (Socrate Management) doivent 10 000 € à l'Urssaf. L'officier vient signifier la dette, l'obligation de payer, les saisies à venir en cas de défaut de paiement. En attendant, il souhaite me faire signer l'acte de passage. Je lui propose de le faire sur le capot de la BMW paternelle, recouverte de lichen et garée sous un chêne. Gêné, il hésite, puis finit par accepter. En bikini, Kim fait sécher du poulpe sur la table du vieux billard, dans le salon.

— Ton inviiité veut du kimchiii ?

— Ce n'est pas mon invité. C'est un huissier.

— Un quoiii ? Un ouiii scié ?

*

Dans cette histoire, les menaces sont protéiformes : flics, gitans, matons, taulards, vigiles, avocat. Il ne manquait plus que les huissiers.

Labrit : carrefour de la parano.

*

13 juillet

Sous un platane rouillé, à la terrasse du Cercle des Démocrates, installé devant un café-bière, je délaisse *Portnoy et son complexe* pour m'immerger dans *Auto Plus*, magazine fétiche de mon géniteur. Sa maison, son antre, en recèle des tonnes. C'est vrai que c'est reposant, je me dis, il n'y a rien à lire. Non loin de ma table, les habitués éclusent leur éternel pichet de Tursan, devisant bruyamment sur les Landes d'avant. Il fait beau. Il y a une légère brise. Un bout de lune dans le ciel bleu.

Une Cinquecento rétro se gare dans la ruelle attenante. Alexandra, l'ex-compagne de PH, s'en extirpe, me rejoint, accompagnée de ses filles, qui m'embrassent, s'installent à une table voisine. On parle un peu de tout et de rien puis, rapidement, Alexandra aborde le vif du sujet, ses filles faisant semblant de ne pas nous écouter.

— Ton frère, c'est Peter Pan, il vit dans une autre réalité… C'est ce que je me suis tuée à expliquer aux flics quand ils m'ont convoquée, tu vois, ben je l'ai quitté parce que j'en pouvais plus de vivre avec un ado, il est pas méchant, mais il est ingérable. En plus, il crée des images de lui qui correspondent à ce que les gens veulent voir. Chaque personne : un visage différent. Quand il parle aux gens, il s'adapte à ce qu'ils veulent entendre. Ces masques, ben, c'est le seul moyen qu'il a trouvé pour se faire des amis, communiquer avec les autres.

À nouveau, la théorie des masques.

Mon frère est un trompe-l'œil, un miroir.
Il est ce que vous voulez voir.
Il dit ce que vous voulez entendre.
Il vend ce que vous voulez acheter.
Son masque : c'est vous.

Prolixe, elle continue :

— J'ai compris que Peter avait un problème le jour où on est allés en famille chez une amie, elle avait un poney, et il a commencé à jouer avec lui, pas joué mmm… tu vois, ben, il l'a pris dans ses bras, il lui a murmuré quelque chose à l'oreille, et brusquement, il a fait des roulades avec lui, ça aurait pu être hyper dangereux, leurs corps entremêlés, ils roulaient, riaient, même le poney avait l'air heureux, c'était un truc de… ben, c'était pas humain, ça a duré des heures, j'ai essayé de l'appeler, il entendait plus rien.

Un souvenir remonte. Une phrase de ma mère :

— Ton frère a le comportement d'un cheval.

Je ne sais plus dans quel contexte elle avait affirmé ça. Je n'avais pas compris ce qu'elle voulait signifier.

Alexandra poursuit :

— Il était hors du monde, c'est ça, tu vois, ben comme s'il était devenu animal, il était plus humain en tout cas, c'est là que j'ai compris qu'il avait un sérieux problème.

*

Un autre souvenir : PH, enfant et adolescent, fait de l'équitation, des compétitions de saut d'obstacles, il termine souvent premier tandis que moi, je chute. Je ne cesse de tomber devant l'obstacle, mon canasson s'entêtant à ne pas le franchir, se figeant brusquement avant le saut, me projetant à terre sans relâche. Mon record en compétition, c'est huit chutes. S'il y avait eu des notes artistiques pour les chutes dans les concours, j'aurais terminé premier chaque fois. (D'ailleurs, si le sport hippique m'a appris quelque chose, c'est d'abord à choir.) PH saute les obstacles sans peine, avec grâce, il fait corps avec l'animal.

Une pensée que j'attrape au vol, que je contemple, puis que je libère : PH ne sait franchir les obstacles qu'avec un cheval.

*

Alexandra hache mon voyage dans le temps :

— Quand il est revenu, il faisait nuit, on était à table, j'sais pas, il a dû rester trois heures dehors, il s'est assis, il a pas parlé pendant toute la soirée, il était maussade, renfrogné, comme si ben, tu vois… mmm… il était revenu parmi nous, et ça lui pesait. Ben c'est là que je me suis dit, Peter est autiste, il a un syndrome autistique, il est animal.

Je me tais. Je mâche « mon frère animal ». Elle continue, ne remarque pas mon trouble.

— En fait, ben, quand tu lui parles, ses yeux bougent tout le temps, ils ne se posent sur rien.

Les mêmes mots que Kim.
Mais qu'est-ce qui trompe l'œil du frère ?

*

Mythomane, trouble de la personnalité multiple, autiste :
ces mots
se connectent,
résonnent,
génèrent
un flash.
Bref aveuglement de magnésium.
Des bouts de souvenirs commencent à surgir de mon enfance, quelques bulles qui éclatent à la surface d'un marécage. Mon frère : autiste ?

*

Masque, en latin médiéval, « *masca, maska* »,
c'est : la sorcière, le spectre.
Mon frère est un spectre.

*

Alexandra conclut :

— Tu vois, ben, Peter n'a jamais pu supporter votre départ d'Origne, la séparation d'avec votre première maison dans la forêt, l'abandon des chevaux, c'était trop dur pour lui.

Je pense : « Il n'est jamais parti, il vit toujours là-bas, son esprit est coincé là-bas, à Origne, dans cette époque, dans ces bois. » Je pense : « Il y a plus dur, plus grave, elle exagère, il exagère, il a transformé un caprice en trauma. »

Origne, village de deux cents habitants, paumé au fin fond de la forêt, est sis au croisement de la D110 et de la D120, surnommé un temps le Chicago des Landes (un corbeau y sévissait dans les années 1980). Sur les panneaux routiers indiquant sa direction, on a du mal à ne pas lire : « O r i g i n e ».

Je flotte dans le nuage d'une sensation, je soupire :

— Oui… c'était son paradis… (*je mâche le mot paradis, ça a le goût d'un chewing-gum*)… cette maison, elle est encore en moi. Mais la quitter m'a plutôt libéré. On était tellement déconnectés de tout là-bas ! On a vécu hors du monde, oui, dès notre naissance, pendant quatorze ans, au milieu des bois, isolés de tout, entourés d'arbres et d'animaux, comme des sauvages, j'exagère un peu, bon… (*je respire, je mâche ces quatorze ans de forêt, ça a un goût de terre et de fougère*)… c'est pour ça que je dis maintenant que j'ai quatorze ans de retard. Enfin surtout avec les filles. À cause de cette forêt. Les Landes, c'était du formol, merde ! Je l'avais dit à ma mère avant qu'elle ne meure. Je lui avais dit : « Maman, Origne, cette maison, c'était une utopie, une putain d'utopie de couple hippie, non ? Vivre au milieu de la forêt, loin de tout, en famille, avec cette illusion de pouvoir rester unis et heureux. »

Elle avait souri sans répondre.

La mélancolie de son sourire.

La cartographie de ma mémoire.
L'illusion qui se transmute en érosion.

Noyés depuis longtemps, des souvenirs continuent de remonter en moi, en vrac, en masse, recomposent un corps. Le corps englouti de mon passé.

> « *Sur l'onde calme et noire où dorment les étoiles*
> *La blanche Ophélia flotte comme un grand lys*
> *Flotte très lentement, couchée en ses longs voiles,*
> *On entend dans les bois lointains des hallalis* »

Je me souviens de ma mère qui reprend ses études de psychologie à cinquante ans, s'intéressant d'abord aux phobies et aux névroses. Une fois diplômée, en travaillant, elle s'était spécialisée dans deux domaines distincts : l'alcoolisme et l'autisme. Couvrant deux tares, deux spectres : ses deux fils ?

Je me souviens de nos discussions sur la façon qu'elle avait de soigner les enfants autistes, de sa méthode axée sur « le lien animal », l'importance des animaux dans l'établissement d'un contact avec eux. Chats, chiens, chevaux, moutons : vecteurs de la communication, ponts entre deux univers, celui des autistes et le nôtre.

Je tilte.

*

Je me souviens de notre première maison située dans les Landes girondines. Au cœur d'une forêt de chênes et de pins, à deux kilomètres de la route, cinq kilomètres d'Origne, premier village à l'horizon, la propriété se nommait « Les Ménines ». Elle était remplie… d'animaux : quatre chevaux, trois chiens, trois chats, un mouton sauvage, un lapin nain, un hamster, un canari, un oiseau à ressort électrique.

Je tilte.

Ce que je croyais être une utopie, le rêve d'un couple hippie post-Californie : une famille dans la nature, inséparable et indestructible, genre *La petite maison dans la prairie*, était peut-être un laboratoire : le laboratoire de ma mère. Centre de rééducation psy, monté, élaboré, ajusté pour PH, entouré à dessein d'arbres et d'animaux.

Je n'y avais jamais pensé avant : comment est-ce possible ? J'ai enterré mon passé, je crois. Je l'ai noyé dans un marécage. Je l'ai gommé. À l'image de mon frère égorgeant le réel qui le dérange. Moi, j'ai mutilé mon regard, enfourché mes œillères, fui en Asie plus de quinze ans. Loin de ma famille, je l'ai raturé. Mon cache-œil est un cacheton : *made in China*.

*

D'autres bulles,
des pixels,
des images brouillées par le temps,
qui grésillent en moi.
Un cahier qui vole.

Ma mère tous les soirs aux côtés de PH, à le faire réviser, passant des heures sur ses leçons. Elle l'a porté de la primaire au lycée, l'a soutenu durant toute sa scolarité, a été sa béquille jusqu'au bac.

*

Un refrain sorti d'un songe, des rires me font lever la tête. Mes nièces chantent, singent la voix d'un baryton-basse sur les couplets du Toréador, en visionnant YouTube sur leur smartphone. Si elles sont déscolarisées depuis leur enfance, poussées hors de l'Éducation nationale par une mère « sceptique du système », elles suivent des cours privés de danse et de musique.

— Toréador, en garde !

L'aînée, montée sur une chaise, imite un picador. Alexandra m'apporte un nouveau café-bière, dans lequel je plonge silencieusement.

*

Je me souviens
des crises de PH :
devant les devoirs,
les mots,
les chiffres,
Ses cris, ses pleurs, sa précarité,
devant l'inanité, la stérilité
du français,
de l'histoire,
tout l'enrage,

mathématiques,
arts plastiques,
géographie,
tout lui échappe,
tout est boue,
effondrement de terrain,
cauchemar,
hantise, horreur, allergie, équation insoluble.
Comment nommer ses crises sans fin ?
Sa confusion devant la grammaire ?
La tyrannie des tables, des règles.
Les cahiers qui volent, leur lent vol plané.
Quel est le nom de cette guerre ?
Comment lutter contre ?
Ma mère à son chevet,
un caillou qui fuse, m'atteint,
mes cris, mes larmes, sa jalousie.
C'est quoi la grammaire de sa confusion ?

J'éclate une bulle de mémoire, je capte ce qui est dans la bulle :

lui qui me court sans cesse après,
me jette des cailloux,
défonce des portes pour essayer de m'atteindre,
me frapper,
alors je cours.
Je cours sans fin autour des tables,
tandis qu'il me poursuit,

on tourne en rond,
et tandis qu'on tourne en rond,
je me construis une carapace, un asile,
j'ai des envies de fuite, d'antipodes,
je rêve d'Extrême-Orient, de Pacifique, d'exil, de Chine,
je collectionne les cartes du globe,
je me mets en orbite.
Sa rage contre moi,
parce que je comprends les chiffres, les mots,
parce que je les apprivoise.
Contre sa furie,
je pense : fuir la forêt.
J'ancre ce mantra en moi.

Et en classe, l'apathie.
Sauf quand les autres voulaient me frapper.
Lui, uniquement, avait le droit.
L'apathie et la nuit.
Seul le sport était son salut,
seuls nos chevaux le rendaient heureux,
Lady Rose, Petula, Prince.

La mémoire est un train qui traverse un tunnel – le *Transperceneige* ? –, la plupart du temps, les passagers (les souvenirs) sont dans le noir (avec des haches ?), parfois… la lumière : un bref instant de lumière, une étincelle.

J'entame mon anamnèse.

La rage de mon frère,
la patience de ma mère,
l'absence de mon père,
mon frère qui met le feu
à mes cheveux, ah non aux arbres.
Il coupe mes cheveux,
il me rase,
il met le feu à la forêt.
Il brûle ce qu'il aime.
Ce qui le protège.

Les réminiscences m'assaillent.

Une certitude maintenant : ma mère savait qu'il était en souffrance, que son psychisme était percé. Elle ne m'en a jamais rien dit. Même lorsqu'elle était mourante. Je l'avais pourtant interrogée quelques jours avant son décès en avril 2016 : « Maman, comment ça se fait que Pierre est aussi flou ? » Pourquoi j'avais employé ce mot, précisément ? J'avais posé cette question à brûle-pourpoint : souvent, je pose des questions au débotté, sans rapport avec le propos en cours, le schmilblick qui me lie à l'autre. Ce mot, « flou », cheveu sur la soupe de sa fin de vie, première pierre (oubliée) d'une enquête familiale que je refusais de démarrer alors. Évasive, elle avait répondu : « Le flou, c'est familial. » Exactement ce que j'avais bêtement répété aux flics.

Dans notre ADN coule le sang du flou.

C'est pour ça qu'on avait autant d'animaux, qu'on vivait dans la forêt : pour absorber notre flou, maman ? Les arbres : pour absorber le flou des hommes ? C'est ça que tu voulais dire ?

*

L'arrestation de mon frère a libéré en partie mes souvenirs anesthésiés. Les membres inférieurs de mes souvenirs.

*

Non, maman, je ne crois pas.
Je crois que le flou, c'est ta douleur.
Cette douleur qui n'a pas de nom.
Qu'un prénom : Pierre.
Ton père, ton fils, ta croix.

*

Un éclair dans ma conscience, son tunnel. Une flamme sur un celluloïd.

Puisque tout semble signifiant. Puisque les symboles murmurent à nos oreilles. Je me penche sur Les Ménines, le nom du domaine où on a vécu jusqu'à mes quatorze ans au milieu de nulle part. Je sais juste que *Les Ménines* est un tableau de Velázquez, qu'il dépeint une famille royale espagnole posant au palais de l'Alcázar, du temps de

Philippe IV. J'en ai une vision vague, baroque, imprécise. Alors qu'Alexandra passe un coup de fil à sa mère, que ses filles imitent maintenant la voix d'un contre-ténor, je fore le sujet sur le web. SOS Google, mayday, *Les Ménines* :

Datant de 1656, sans doute inspiré des Époux Arnolfini *de Van Eyck, le tableau représente la jeune infante Marguerite-Thérèse entourée de demoiselles d'honneur, d'un chaperon, d'un garde du corps, d'une naine, d'un bouffon et d'un chien mâtin.*

Je mâche le mot « naine », songe à cet animal. Le mâtin est un molosse. Un chien de guerre.

Derrière eux, Velázquez, qui se peint lui-même en train de peindre, regarde au-delà de la peinture, comme s'il observait l'observateur de la toile.

Triple mise en abyme :

À l'arrière-plan, un écuyer des dames de la cour plus : un miroir qui réfléchit les images de la reine et du roi en train d'être peints par Velázquez, semblant être hors tableau (ou peut-être réfléchissant le tableau que peint Velázquez représentant le roi et la reine).

La toile ouvre le livre *Les mots et les choses* de Michel Foucault, qui y consacre trente pages.

Nous regardons un tableau d'où un peintre à son tour nous contemple.

L'artiste règne au seuil de ces deux visibilités incompatibles.

Palais des glaces, l'œuvre dissimule un autre jeu de miroirs : Velázquez répond à un autre peintre, Van Eyck, dont il s'inspire, avec deux siècles de décalage. Le kaléidoscope espagnol contient celui, fantôme, d'un autre, néerlandais, qui lui aussi y a placé un miroir.

Les critiques estiment que la composition complexe des *Ménines*, polyphonie de reflets, interroge le lien entre réalité et illusion, brouille la relation entre regardants et regardés.

Notre maison flotterait, à l'image du tableau de Velázquez au croisement de la réalité et de l'illusion ? Elle aurait nourri l'illusion chez PH, creusé un sillon dans son crâne.

*

Alexandra interrompt ma dérive (elle est encore là) :

— Quand vous êtes partis d'Origne, Peter m'a dit que c'était la fin du monde. « On m'a déraciné et tout s'est écroulé. »

PH défiguré par son déracinement ?

Mon frère en arbre ?

Dès lors qu'on a quitté cette maison pour aller en ville, à Bordeaux (mes parents déménageant pour éviter la séparation, l'éclatement ; leur couple tanguait ; la ville : antidote imaginaire, illusion d'optique d'un couple bancal), PH a perdu pied, son cauchemar a commencé. Et évidemment, ce après quoi il court depuis toujours, c'est ce paradis perdu, cet éden enseveli.

Le laboratoire de ma mère : paradis perdu de mon frère.

*

Un souvenir, une autre bulle qui éclate : 2006. Un court-métrage raté que je réalise : je l'intitule, en hommage à Koltès, *La nuit avant la forêt*, l'histoire d'un homme qui quitte la ville pour rejoindre la forêt à pied. L'exact inverse de mon parcours : j'ai quitté la forêt pour la ville, puis la ville pour la mégalopole : Bordeaux, Paris, Pékin, Hong Kong, Shanghai, Hangzhou, Busan. (Pékin à vingt ans, Hong Kong à vingt et un ans, Shanghai à vingt-sept, Hangzhou à trente-trois, Busan à trente-huit).

*

Mon parcours me saute aux yeux : alors que j'ai tout fait pour étouffer la forêt, l'oublier, me revoilà dans les Landes à quarante-deux ans. Retour aux sources, aux racines, aux arbres. À ce que j'ai toujours fui. Douce ironie du sort. Douche tiède. De la Chine aux racines. La conscience des choses m'éclate aujourd'hui à la figure. Mais pas leur imperturbable logique, pas la nécessité de cette ironie. Je pense : « Pour PH, c'est plutôt la nuit après la forêt. »

*

Un autre flash. Ma mère d'abord : béquille de PH. Puis mon père, qui prend le relais, après le bac, cédant tout à son aîné, lui donnant tout, alors même qu'il ne demande rien.

L'argent, comme une assistance respiratoire,

un masque à oxygène.

En le couvrant de thunes, de blé, de ronds, mon père l'a noyé. Il y voyait une bouée, mais c'était un poids dont il l'a lesté. Le culte du puits sans fond a entraîné PH vers les abîmes.

Mes parents savaient-ils vraiment qu'il était autiste, multipolaire, malade ? L'ont-ils vu et l'ont-ils tu ? Ont-ils cru neutraliser le cas PHL en l'enrobant dans du coton (cash & forêt) ? Quelle fiction voulaient-ils inventer ? Celle d'une famille invincible ? Ces questions me mènent tout droit à leur honte, celle d'avoir enfanté un fils déréglé, différent, grain de sable dans leur conte de fées landais.

Je pense : « Le nom de la comète, c'est ce fils *étouffé dans l'œuf.* »

Espérant atténuer sa combustion, ils n'ont fait que retarder son explosion.

*

Je lève les yeux, reviens à la surface de la Terre. Alexandra est toujours assise, placide devant mes pérégrinations mentales. J'en oublie de poser des questions sur le fond de l'affaire.

— Au fait, c'est quoi cette histoire d'extorsion de fonds, de gitan ? J'ai rien pigé.

Elle explique. D'après ce qu'elle a cru saisir, on a volé Peter plusieurs fois, il a voulu régler le problème, récupérer l'argent disparu avec l'aide de ce gitan, Diego, et d'un autre gang, et ça a dégénéré. Les gitans l'ont menacé, siphonné. Il a tout donné : ce qui lui appartenait, ce qui ne lui appartenait pas, il était même à deux doigts de vendre le refuge paternel. L'autre bande était sous la coupe d'une Russe qui s'est servie de Peter, voulant se venger de son mari qui l'avait trompée. C'est encore plus confus. Et les tractopelles dans tout ça ? Elle assure : Peter va nous envoyer un diagramme.

— Un diagramme ?

— Oui.

— Le diagramme de sa maladie ?

— Ben non, le diagramme de l'affaire.

L'incongruité de ce mot : diagramme.

Comment sait-elle tout ça ? Elle aussi a des conversations clandestines régulières avec lui.

*

Ajoutée à mes souvenirs, qui crépitent autour de moi, cette révélation, ou plutôt cette hypothèse d'un frère autiste, malade mentalement, incapable de communiquer avec les autres, c'est le troisième souffle de la déflagration.

Comment digérer cette idée ?

Ce souffle feutré me projette ailleurs.

Dans un nouveau dédale.

Ce qui est déroutant, c'est que, lorsqu'on lui parle, il a l'air parfaitement normal.

*

Alexandra part chercher ses filles qui se sont aventurées du côté de l'église, près d'un parking où est garé un 35-tonnes aux vitres fumées.

Dans le dictionnaire Littré en ligne, le mot « diagramme » a quatre sens. Le premier est lié à la délinéation (diagramme du type des animaux vertébrés). Le deuxième à la géométrie ancienne (figure de lignes destinées à la démonstration d'une proposition). Le troisième à la musique ancienne (table générale de tous les sons d'un système). Le quatrième sens, zoologique, aquatique, est relié à un genre de poissons carnivores de l'Atlantique.

Le diagramme est un poisson vorace.

*

Tandis que je navigue dans la polysémie du mot, Alexandra, revenue, s'épanche sur les délires sexuels de Peter Pan. Elle parle de despotisme et d'érotisme, de flagellations et de fellations, de bondage et d'impossible éjaculation. Elle décrit une époque révolue, où le sexe était leur ciment. Ciment et servitude. M'extirpant de ma rêverie encyclopédique, je l'arrête :

— Euh… ça me regarde pas, Alexandra, vos histoires

de cul, je veux pas savoir, je… Et merde, moins fort, il y a tes filles.

L'aînée intervient dans mon dos :

— Ah ben, c'est pas grave, vous pouvez continuer, on est au courant, on entendait tout.

Je fais semblant de ne pas être estomaqué. Alexandra poursuit :

— Tu sais, au parloir, il m'a dit qu'il voulait se remettre avec moi, qu'il m'aimait.

— Tu l'as cru ?

— Non, ben, il dit ça parce qu'il croit que c'est ce que je veux entendre. Il est insupportable.

— Et c'est ce que tu veux entendre ?

— Oui.

Silence. Qui a le goût d'un espoir déçu. Puis Alexandra enchaîne :

— Il faut sauver Peter Pan, lui trouver un autre avocat. Mercour, c'est un nul. Faut aller visiter Peter en prison, le soutenir, le sortir de là-bas, se serrer les coudes.

Peut-être y a-t-il une logique dans son incohérence : elle aime ce qui l'insupporte ? Pourquoi s'implique-t-elle autant ? Je n'y comprends rien.

— Je pensais que PH et toi vous aviez des relations compliquées.

— Ben non, on s'entend à merveille.

— Ah, il a prétendu l'inverse.

— Ben tu sais, en fait, il manipule pour diviser.

— Diviser quoi ?

— Il divise pour mieux régner.

— Régner sur quoi, nom de Dieu ?
— Sur nous.

*

Plus tard, lorsque je lui révélerai qu'Alexandra est prête à tout sacrifier pour lui, PH répondra :
— Alexandra joue la sauveuse. Faut pas la croire.

*

Qui croire dans cette histoire ? Sans doute personne. Pas même moi.

*

Mes nièces chantent, rient dans la Cinquencento rétro, déjà prêtes pour le départ. Alexandra me fait un signe de la main, démarre. Je reste seul en terrasse. Son diagnostic – mon frère autiste – et mes questions qui oscillent devant moi.

*

Les Landes, est-ce que c'est le nom du mal de PH ?
Telle une drogue, la forêt soustrairait au temps, à ses nécessités. Loin du brouhaha du monde, propice aux contes (et aux westerns), elle ferait perdre pied. Le réel y serait autre, agencé différemment, bâti sur un espace-temps différent :

– L'espace : cloîtré et ouvert, percé, d'apparence monotone et austère. Soporifique. L'horizon n'existe pas : il est barré par les pins. Seule l'hypnose existe. Un vert aux teintes infinies. Du glauque au smaragdin.

– Le temps : immobile et confus – un magma en apparence tamisé, que seul le vent ébroue. Le changement des saisons ne s'y lit que dans le ciel et les feuilles. À travers de fines aiguilles de lumière.

Structurées autour du bois, de la nature, de ses bruissements, peuplées d'animaux et de légendes sauvages, les Landes porteraient en elles l'écho de leur origine, ce qui se cache dessous : un marécage.

Artificielle, plantée au XIXe siècle pour fixer la dune, repousser l'eau et le sable, chasser la lande, la forêt des Landes est, dans ce territoire, un masque, posé sur le sol : le deuxième masque de mon frère. (Ce qui se cache dessous : des marais.)

Les Landes, est-ce le bois dont les fous sont faits ?

Fabien :

— Les Landes, c'est le désert de ton frère.

*

Je me focalise sur PH et j'oublie. J'oublie qu'en écrivant sur lui, je parle également de moi. (Ce que cache mon marécage ?)

*

En voiture, le surnom qu'Alexandra a employé clignote sur le tableau de bord puis sur le pare-brise : « PETER PAN ». Je prends le portable, je vais sur la toile, je ne regarde déjà plus la route : « *Peter Pan veut éviter les responsabilités de l'âge adulte alors il s'enferme dans le monde de l'enfance* ». J'évite le fossé de justesse. « *Adoptant une attitude souvent tyrannique et hostile à toute forme d'autorité…* » Une ombre. Je fais une embardée. « *… qui permit à certains commentateurs d'obédience freudienne de parler d'un personnage sans surmoi.* » Dans le rétroviseur, rien. Freud qui s'évapore. Virage serré. Je m'engage dans le chemin qui mène à la propriété paternelle, magnétisé par les derniers mots : « sans surmoi ».

Dans l'airial, à nouveau, face à la voiture, le lapin démesuré. Je freine, il détale, disparaît derrière une grange. Quelque chose me saute aux yeux : la femme avec qui mon frère est resté si longtemps (une dizaine d'années), avec qui il a eu des enfants, s'appelle Alexandra. Mon prénom au féminin. Un inceste inconscient. Les ressorts psychologiques de cette affaire se dévoilent et m'échappent. Vestiges se métamorphosant en vertiges. Je sors de la Clio kaki. Kim me rejoint, sans un mot m'enlace.

*

16 juillet

Il fait noir. Je suis en état de demi-sommeil, bercé par le souffle léger du vent, ses ondulations. Soudain : le bruit d'un placard qui claque. Kim se réveille en sursaut, me secoue dans tous les sens, hurle :

— Il y aaa quelqu'uuun !

Je décide d'aller en bas (ou plutôt Kim m'y pousse), armé d'une tapette à mouches, seul objet que je trouve sans mes lunettes. À la chasse à quoi ? Aux ectoplasmes ? En bas : rien. Le silence apaisé de la nuit, de sa respiration étale. Rien et pourtant, on n'a pas rêvé, il y a bien eu un claquement.

*

17 juillet

Je retourne à l'hôpital. Quoique faible, le paternel reprend des couleurs. Paulette est là. Avec sa voix pincée d'experte en grille-pain, elle blâme (envieuse ?) les relations fusionnelles entre Alain et Pierre-Henri, nous fait la leçon, serine ses conclusions d'aspirante psychologue de comptoir :

— Votre frère est un toxico. Il se drogue, sûr. C'est pas possible autrement. Il faut l'envoyer en réhab.

J'ai envie de lui mettre une baffe. En réhab alors qu'il est en taule ? Je la coupe :

— Le son de votre voix.

— Quoi ?

— Vous avez moins aigu ?

Puis je la snobe, fixe mon paternel :

— Pierre n'est pas toxique, il est autiste, tu t'es trompé de diagnostic, pap'.

S'inspirant de PH, qui, à ses yeux, vampirisait les gens,

le professeur Alain a en effet publié, il y a un an, un manuel destiné aux DRH, *Lutter contre les esprits toxiques* (338 exemplaires vendus). J'expose, exalté, mes contre-théories : le laboratoire Origne, le syndrome Les Ménines, le déni parental. Mon père ne confirme, ni n'infirme, mes hypothèses : il esquive. Il a toujours eu l'art et le don d'éluder. Il prétend avoir voulu orienter son fils aîné vers un travail manuel. Le professeur avait identifié la principale qualité de PH, sa force : les mains, pas la tête. Ma mère avait refusé, persistant à lui faire suivre un cursus normal, la voie royale (selon elle) : qui s'est transformée en voie de garage.

Ego, égoïsme, amour-propre, honte, peur du regard des autres, de la différence, de son expression, aveuglements, mensonges, je découvre sous un autre angle ma famille que je pensais moderne.

*

Inadapté socialement, incapable de communiquer, déconnecté du réel, dépourvu de sens commun, de logique, de mesure, peu aidé par mes parents qui l'ont enrobé dans du coton, un puits sans fond, PH a fait n'importe quoi, en s'entourant de n'importe qui. Sous la coupe d'un gitan, d'un gang, sans en parler à personne, il a sombré. En cause, son mal : jamais décelé ou jamais avoué. Alors qu'il aurait dû aller dans un centre spécialisé, être aiguillé, conseillé, traité tel un enfant malade, il échoue en prison.

*

Je tire le fil de cette réflexion. La juge n'a donc rien vu, rien décelé ? Rien voulu déceler ? Elle n'a pas ordonné d'expertise psychiatrique. La théorie de l'escroc en col blanc à la tête d'un réseau international de blanchiment d'argent l'arrangerait ? Arrangerait sa carrière ? Cette affaire : cigare interminable qu'elle suçote à petit feu ?

*

23 juillet

Ça fait douze jours que je suis dans les Landes, et quelque chose se rouvre en moi.

*

25 juillet

Paniquée, Alexandra appelle : elle me presse d'aller chez le notaire, pour déposer un brevet, c'est une question de vie ou de mort, Peter a eu vent d'une conversation qu'il n'aurait pas dû entendre, à propos d'une affaire révolutionnaire et juteuse que projettent de monter les caïds partageant sa cellule. Il va se faire dessouder s'il ne protège pas l'idée. Maintenant il est impliqué, c'est trop tard, ça urge, ils ne veulent pas que ça fuite. À Pissos, y en a un, de cabinet notarial. Tête de Turc, bouc émissaire, souffre-douleur, c'est ce que Peter va devenir si je ne saute pas tout de suite dans une caisse pour filer déposer le concept. C'est incompréhensible. Je la stoppe.

— Mais de quoi tu parles ?

— D'une alarme révolutionnaire.

— Quoi ?

— Ses codétenus, ben, c'est des business angels de la domotique, ils ont inventé une alarme révolutionnaire, high-tech mais low cost. Peter a tout entendu, il est menacé. Alors, pour calmer le jeu, il leur a promis qu'il allait se charger de déposer le brevet.

Je suis trop médusé pour éclater de rire, en même temps j'ai envie de pleurer, tellement c'est triste, tristement comique.

— T'es en train de dire que des prisonniers ont créé une alarme antivol ? PH doit faire déposer un brevet chez le notaire pour sauver sa peau, c'est ça ?

— Ben oui !

La taule : usine à gaz de rêves sans queue ni tête, bric-à-brac d'utopies toquées.

— Euh... petit message pour mon frangin : qu'il arrête ses conneries, qu'il arrête de promettre je ne sais quoi à je ne sais qui ! Qu'il mette un préservatif sur sa langue avant de parler ! En fait, non : qu'il arrête de parler tout court !

Je m'emporte, raccroche. Sur le palais, un goût d'invraisemblable, une odeur de paradis grillé.

Dans les cerveaux en fusion de ces taulards, on croit pouvoir commercialiser un système d'alarme révolutionnaire conçu en cabane ? Rois du flag et de la cambriole, les potes baraqués de PH s'imaginent en messies de la révolution anti-intrusion et de l'équipement sécuritaire ? Comment Alexandra peut-elle relayer l'info et me supplier d'aller chez le notaire ?

Si le niveau d'irréalité se mesurait sur une échelle (de 1 à 9) – l'échelle de PHL –, Alexandra aurait atteint le niveau 8.

Si l'irréalité était un séisme, la maison d'arrêt d'Angoulême en serait l'épicentre. Ou plutôt, l'encéphale de mon frère.

Au trou : les mirages.

*

28 juillet

PH m'envoie un message Imo (une application dont les mots s'effacent instantanément, l'application des détenus et des espions) :

> Je n'arrive pas à penser ici
> je deviens fou
> la télé c'est 24h sur 24
> c la torture psychologique
>
> je ne pense ni ne dors
> je suis sur mes gardes H24
> la dernière fois on m
> a jeté une bouteille en verre
> elle s'est éclatée contre les barreaux
> j'ai eu du verre dans les yeux

PH a choisi un autre surnom qui me laisse à nouveau perplexe : Schisme. ExoSkelet disparu, Schisme le remplace. Il a au moins un don : inventer des pseudos.

*

J'ai enfin rempli les papiers pour aller le voir en prison.

*

29 juillet

Alexandra débarque à Labrit. Décidément, on ne s'est jamais autant vus en vingt ans. Tout juste assise sur le canapé, elle réclame de l'argent pour Peter : qu'il puisse s'acheter un jogging Lacoste et un portable Nokia en taule.

— Un jogging ?

— Ben oui, pour se fondre dans le décor. Tous les caïds portent ça.

Elle présente l'addition : 475 €, car « ben, tout coûte triple en enfer ». Je refuse. Elle s'excite, m'agresse, demande si je trouve ça normal, qu'elle, l'ex, le soutienne, le visite, lui donne de la thune pour le cantinage, fasse tout pour lui, et sa famille : rien.

— Je lui ai toujours tout donné à ton « Peter ». Je lui filerai plus rien, finito.

Elle éclate :

— Alors qu'il t'a sorti de prison en Afrique et qu'il t'a

sauvé, toi, tu fais rien pour lui ! Tu lui envoies même pas de Kinder Bueno.

Nouveau séisme sur la planète « réalité ». La magnitude atteint des sommets. L'échelle de PHL explose : 9, 10, 11, 23, 24, 25.

— Quoi ? Merde ! Qui t'a raconté que j'avais fait de la prison en Afrique ?

— Il t'a sorti du gnouf en Afrique et toi, tu lèves pas le petit doigt pour lui, tu es un dégueulasse, il a remué ciel et terre quand t'étais là-bas.

Qu'est-ce qu'elle raconte ?

Je la dévisage abasourdi, comme si, oui c'est ça, comme si je dormais et, simultanément, on me mettait une claque, la tête dans un seau de vodka, de glaçons et d'orties, tout en m'administrant un sédatif surpuissant et une injection d'adrénaline.

Je lui affirme : j'ai bien été au Cameroun il y a un an, j'y ai organisé un festival chaotique de cinéma, mais je n'ai jamais été emprisonné, ni même en danger.

— Alors tu vas te calmer, Alexandra, sinon je coupe les couilles de cette conversation !

Elle me regarde, soufflée. Faut dire que j'ai hurlé. Je réfléchis, me radoucis :

— C'est PH qui t'a dit ça ?

— Oui.

Mon frère : générateur de chaos,
avalanche de contes à dormir debout.

*

Quelques jours tard, elle vérifiera auprès de son Peter qui rétorquera :

— Je n'ai jamais dit ça, j'ai dit que, moi, s'il avait été incarcéré en Afrique, j'aurais tout fait pour le sortir de prison.

*

La vérité est sur un fil. Elle ne tient qu'à un fil, fragile. Et ce fil, je sais, je le vois, maintenant : je marche dessus. Il relie deux falaises.

*

Qui ment ? Qui fabule ? Qui croire ?

*

Alexandra raconte sa visite au parloir, avec mes nièces. Secoué de tics, Peter tremblait, répétait dix fois la même question. Il avait le regard dans le vague, et en même temps ses yeux n'arrêtaient pas de bouger. Sa langue : sens dessus dessous. Il se tapait souvent la tête pour se souvenir d'un terme, d'un nom, d'un mot. Ou d'une signification temporairement perdue, zappée, effacée : « photomaton » l'intriguait énormément. Je suis effaré, sous le choc : la prison l'a-t-elle totalement azimuté ?

À ses filles, il a déclamé cette maxime absurde :

— Je suis ici pour vous montrer ce qu'il ne faut pas faire.

À Alexandra, il répétait :

— On m'a hypnotisé
avec du champagne,
des putes
et des crustacés.

Son ex s'arrête, pleure maintenant. J'ai également les larmes aux yeux. Peter ne cessait de lui répéter qu'il était sous la coupe du gitan, qu'il n'avait pas su sortir de cette emprise, qu'il s'était fait tout siphonner. Il tournait autour de cette expression, ce mantra indélébile en lui, « j'ai été siphonné », comme si tout pouvait s'expliquer par ça, comme si c'était l'origine de son monde.

— Il a essayé de parler de plusieurs histoires, soupire Alexandra. Camping-car, pizzeria, garage, banque espagnole, tractopelles.

Je n'entrave rien. Je rêve de somnifère. De chloroforme. Du chloroforme sur ma confusion.

— Ben, il va nous envoyer un diagramme.

— C'est une obsession, ce diagramme ?

Le diagramme de PHL : mythe ou manie.

*

30 juillet

Jeon Soo-il, un ami réalisateur coréen, me contacte. Il est en France trois semaines pour des vacances. Je l'invite à nous rejoindre dans les Landes. Ça tombe bien : il doit écrire le scénario de son prochain film et il a besoin de se « détendre », de calme, d'une « caverne » de tranquillité. À défaut de caverne, je réponds : il y a une piscine, dont le liner est troué, en sale état certes, mais je vais la remettre en route, la rafistoler à l'aide de rustines, pour qu'il puisse s'y « détendre ».

*

31 juillet

Journée immobile. Le soleil est à son zénith. Je lis un San-Antonio, *Galantine de volaille pour dames frivoles*, dehors au milieu de l'airial, sous le chant des cigales, le bruissement d'un vent chaud, embué par l'étrange moiteur de cette fin de juillet. Je fais une pause, me réfugie au frais, furète dans la bibliothèque paternelle. Benjamin, qui a rallié notre terrier landais, se prépare un cocktail. Depuis quelques jours, il teste des ingrédients, invente des recettes, des noms, compose des breuvages improbables. Aujourd'hui, c'est rhum-fougères : le mojito landais qui naît. Ma marmotte extrême-orientale (surnom de Kim au Cercle) dort. Il est 15 h, c'est encore la nuit pour elle.

Entre les pages d'une vieille édition de *Don Quichotte*, je découvre un reçu Western Union : un virement de 1 300 €, daté de mars 2018, de mon père vers le Maroc. Le destinataire est une femme : une certaine Sahaba. Je relie ce virement à son séjour à Casablanca cet hiver.

Sahaba : en arabe, ça signifie nuage.

*

1er août

Au CHU, je cuisine mon père. Il finit par avouer être allé à Casa avec l'intention d'épouser (deux fois) Sahaba, une « autochtone » rencontrée sur Facebook, de cinquante-cinq ans sa cadette. Un vide intersidéral les séparait, mais ça l'excitait. En janvier, tandis qu'ils marchaient dans la rue, elle l'avait tancé :

— Vous marchez lentement, vous.

Le soir, à l'hôtel Onomo, elle lui avait demandé s'il avait encore des érections à son âge.

En février, il y était retourné malgré tout, désir chevillé au corps, tête vrillée, il l'avait attendue trois jours à l'Onomo. En vain. Sahaba n'était pas apparue. Elle avait juste laissé une enveloppe à la réception de l'hôtel. À l'intérieur : le Coran.

— C'est n'importe quoi, pap' !

Je m'emporte, puis la curiosité me rattrape :

— Imagine… si tu t'étais marié… Mmm… dis-moi… t'aurais pas une photo d'elle ?

Il m'avoue que c'était une « demi-mondaine » (le professeur a le sens des formules éculées). Il ne l'avait pas assez rémunérée (ses charmes valaient plus que l'Onomo), elle s'était volatilisée.

*

Le soir, on fête mon anniversaire, en ouvrant des bouteilles de Château Pape Clément. Dans la cave, près de cinquante grands crus datant de 1973. Je décide de les écluser pour me venger de mon frère qui, lui, a vendu toutes celles datant de mon année de naissance, 1974. Dehors, le temps vire à l'orage. Des éclairs strient un ciel électrique.

*

Vers 4 h du matin, éméchée, Kim m'offre mon avenir sur un plateau : une vidéo conférence ésotérique.

— Sexy chamane, babille Kim sur FaceTime. On veut tout savoir sur Laaabruffe.

Concentrée, visage fermé, la chamane consulte les oracles, tire les cartes, les saupoudre de cendres ou de poussières, plisse les yeux, fronce les sourcils, marmonne je ne sais quoi, gratte ses ongles bleus. Soudain, son visage s'éclaire et elle éclate de rire, juste après avoir lâché quelques mots en coréen.

— Pourquoi elle rigole ?

— Elle diiit que c'est trooop drôle.

La chamane rit sans pouvoir s'arrêter. Puis elle raccroche sans un mot.

— Qu'est-ce qui est trop drôle ?! je panique.

— Ta viiie !

*

Dans la cave, à la recherche d'une énième bouteille, je rencontre une salamandre, les plombs sautent, la lumière s'éteint et j'ai un flash. Au début de l'année, trop endetté pour payer, mon paternel m'avait demandé de lui prêter 1 300 €, soi-disant pour remplacer une fenêtre de sa maison.

Les fables de mon père.

La fenêtre était une femme.

Mon père, ce salaud.

Sur son petit nuage
évanescent.

*

J'ai payé une pute à mon père. Certes, sans le savoir. Énervé un instant, je me dis finalement que ça doit être le plus beau cadeau que je lui aie jamais fait.

*

3 août

Son état de santé est moins alarmant. Si le mal est neutralisé par les médicaments, le syndrome pneumo-rénal est à prendre au sérieux. L'équipe médicale repousse sa sortie semaine après semaine. Elle invoque le protocole. Garde-fou, passe-partout, ce mot est un cache-misère : il masque un désarroi qui transpire sous les pores d'un discours flou sur les traitements, la durée, les chances de rémission. Les médecins naviguent à vue dans le brouillard, sans étoiles ni boussole pour les guider. Loin d'être céleste, leur vision est empirique. À leur décharge, mon paternel est sans doute leur premier cas de Goodpasture.

Le professeur Alain, souvent, coache les infirmières, fait la leçon aux internes, arguant de sa fonction passée de consultant dans le milieu hospitalier. Il devient en peu de temps l'égérie et l'épouvantail du service néphrologie du CHU de Bordeaux. Bref, il reprend du poil de la bête. L'appétit est revenu. Les lubies avec : il exige d'acheter un nouveau frigo pour sa maison, un modèle américain multiporte, équipé, en façade, d'un écran de contrôle et d'un distributeur trois fonctions : eau, glaçons et glace pilée. Il insiste pour la glace pilée. Le froid ventilé. Comme si sa vie en dépendait.

*

Il organise ses journées en alternant les visites de ses multiples amoureuses qui lui apportent victuailles, livres ou réconfort. Dans sa chambre de patient exigeant, elles se succèdent sans se croiser. Prestidigitateur, il jongle avec les femmes, les festins (les enfers ?). Chacune a une particularité, une qualité différente : la maternelle, la chaste, la comptable, l'extravagante, l'intellectuelle, la louvette, la dinde, l'héritière, la moche, la sado sur le déclin, la maso, l'experte en grille-pain, l'étudiante extatique.

Don Juan en toc, le professeur essaie-t-il de recomposer la chimère de la femme parfaite ?

*

6 août

Une vieille Fiat 130 grise se gare devant l'église. Soo-il s'en extrait, riant aux éclats, avec sa compagne du moment, Kyungmi. Ils nous rejoignent au Cercle des Démocrates. Kim saute au cou de mon ami, qui m'embrasse sur la bouche. Avec lui, tout doit être fusionnel : il est allergique au platonique. J'offre une tournée générale de café-bière. Les habitués rechignent, préfèrent de loin refaire le monde, raisonner, dans le rosé. Boissons servies, nous trinquons à nos retrouvailles. Il fait bon. Le temps s'étire. Mon père appelle. Sa voix tremble :

— Quelque chose de grave s'est passé, viens.

Il raccroche aussitôt. Je compose son numéro :

— Attends, qu'est-ce qu'il se passe ?! C'est ta santé ?

— Non.

— Ça concerne Pierre ? Ça me concerne ?

— Ça nous concerne tous.

— Tu es tombé amoureux d'une infirmière ? Tu veux te remarier avec une néphrologue ?

Il coupe à nouveau sèchement. Je prends la route. Des champs de maïs. Un panneau indiquant un virage. Mais la départementale est désespérément droite. À la station-service de Sabres, je m'arrête, mets les warnings, prends le téléphone pour lui demander des explications. Sa voix est grave :

— Hier soir, trois scélérats cagoulés ont fait irruption

chez une amie, Danièle. Après avoir neutralisé son chien, ils l'ont menacée de la cogner en braillant : « On sait que t'as du cash et du Petrus et t'vas nous dire où c'est. Si tu jactes pas, on aura pas de pitié, t'as été boss, t'as exploité des ouvriers dans ta scierie merdique, on hésitera pas à te trouer la peau, si tu causes pas. » Elle a fini par craquer au bout de quelques baffes. Ils sont partis avec deux caisses de Petrus et le coffre-fort. 100 000 € de Petrus.

Me disant qu'une scierie, le bois scié, c'est la poule aux œufs d'or, j'ânonne :

— Merde pour le Petrus. Mais quel rapport avec nous, pap' ?

— C'est lié à Pierre, c'est les gitans.

— Comment tu peux en être aussi sûr ?

Mon père souffle :

— Un mois avant qu'il se fasse arrêter, on a cassé la croûte chez elle et elle lui a parlé du Petrus dans la cave et du cash dans le coffre. Il a dû fuiter l'info aux gitans, ou alors on était suivis.

Gros blanc, silence,
il y a une panne dans mon esprit,
un court-circuit général,
je contemple
les platanes,
la voûte des arbres,
les branches des pins des Landes,
qui ondoient sur la route,
le ciel sans nuage,
mon black-out.

*

8 août

La propriété a été visitée. Le violon a disparu. L'arbalète idem. Je les avais aperçus dans la grange en juin. Est-ce que c'était un rêve ? Un faux souvenir ? Non. Je les cherche partout. Sans succès. Ils se sont volatilisés. Qui les a volés ?

Je ne le révèle à personne.

Je songe aux gitans qui rôdent la nuit dans les Landes.

La paranoïa monte en moi,
telle une mer, agitée, qui me démonte.

*

Est-ce que les fables sont habitables ? Immeubles ou mégalopoles ?

*

10 août

La maison craque. Je me réveille en sursaut. Je somnolais. Pourquoi je ne dors qu'à moitié ici ? C'est quoi tous ces craquements ?

Kim :

— C'est rien. C'est juste la maison qui respiiire.

J'essaie de retrouver le sommeil, j'écoute le vent, j'observe les ombres sur les murs, le récit du vent qui fait bruisser les feuilles des chênes centenaires.

*

11 août

Sur la RN10, les conditions météo sont dantesques, c'est le déluge. Pourtant, aucune tempête n'était annoncée. Devant moi : un mur d'eau que les essuie-glaces usés de la Clio kaki peinent à écarter. Accompagné de Kim et Benjamin, je vais visiter PH à la maison d'arrêt d'Angoulême. Pluie et vent brouillent ma vision. Six yeux ne suffisent plus à percer la route. Cerise sur le gâteau de l'apocalypse, la boîte de vitesses automatique se dérègle. Elle repasse brusquement de la quatrième à la seconde. Il faut couper le contact pour faire remarcher le tas de ferraille. En me rangeant sur la bande d'arrêt d'urgence, j'évite de peu un 35-tonnes.

*

J'arrive juste à temps, saute de la voiture, entre dans la prison, blockhaus effrayant et moyenâgeux perché sur une butte de la ville. D'autres familles qui attendaient s'y engouffrent également : cinq femmes dont une enceinte avec deux enfants en bas âge, plus deux hommes tatoués, dont l'un édenté. Tous sont visiblement issus d'un milieu social défavorisé. Avec mes lunettes, ma veste, mon T-shirt « BACK TO BAUDRILLARD », mon petit air de premier de la classe, ma tête à claques, ma barbe de trois jours, je suis une anomalie à leurs yeux. Les matons m'intimident. Plutôt, leur ciel sans étoiles. Leur horizon borné au plafond.

*

Visiter un détenu, c'est faire l'expérience de la prison. Il y a plusieurs sas à traverser. Un premier où on se déleste de tout (veste, manteau, ceinture, portefeuille, portable…), la peau (matérielle) reste au vestiaire en quelque sorte. Un détecteur de métaux, puis on traverse une cour pour accéder à un autre sas (une pièce fermée à clef) où on attend minimum trente minutes durant lesquelles on se défait d'une deuxième peau, je suppose : la peau du dehors, le goût de la liberté qui s'évapore.

Hommes taiseux, femmes bavardes et bravaches. Elles se connaissent, semblent solidaires, évoquent un taulard qui a défoncé sa femme la semaine dernière au parloir. Elles le traitent de grosse merde, crachent par terre. L'enculé de sa mère. Ne sachant où regarder, je fixe le clou du banc en face de moi.

Un gardien nous appelle. Autre cour, autre bâtiment, autre couloir glauque, des néons, puis des cabines alignées, numérotées de 1 à 9.

J'ai le numéro 9. Box individuel de 80 cm de largeur sur 1,50 m (soit 1,2 m^2). Deux murs, deux portes vitrées, deux bancs arrimés chacun à un mur. J'y pénètre, m'assois. On m'enferme. Sec clac de la clef. L'avenir évanoui. Des bruits de pas qui s'éloignent. D'autres qui se rapprochent.

Des voix qui s'élèvent. Je me dis que le parloir est déjà une cellule en soi. PH y entre, habillé d'un jogging Lacoste. On se salue sommairement. Encore une fois, je ne sais où poser mon regard. Il s'assoit. Par quoi commencer ? J'ai déjà oublié les questions que je voulais poser. Mon cerveau est resté au vestiaire.

PH parle de ses projets, l'air de rien, comme s'il n'était pas incarcéré. Il paraît normal ou il joue au mec normal, il s'est mis en mode PHL, a activé le pilotage automatique du grand-frère-qui-gère. Il évoque ses cours de pâtisserie, la formation qu'il suit en taule, ses nouvelles ambitions, demande des nouvelles du père. Ma théorie d'un PH malade s'effrite, jusqu'au moment où j'aborde le fond de l'affaire. Il tente de s'expliquer : amadoué puis menacé par le gitan, Diego, PH lui a tout donné, il pensait que c'était son ami, mais « un vrai ami, tu vois, Alex, il ne te fait pas pieuter sur un sofa pendant un mois ». De quoi il parle ? C'est confus. Premier accroc dans la normalité affichée. Il insiste, répète qu'il a dormi un mois sur le clic-clac du gitan, preuve absolue de la malveillance du mec. PH source l'origine de sa descente aux enfers à l'évaporation du camping-car : sa rencontre avec ce glouton des grands chemins, Diego le gipsy, c'est ainsi qu'il le nomme. « C'était scénarisé, écrit. » L'« auto-caravane » était un apéritif, un appât. Le clic-clac : sa première geôle. Diego lui a fait croire qu'il allait régler tous les problèmes, dont celui du Bürstner Ixeo 734 flambant neuf, mais que dalle. Je suis perdu dans son désordre.

— J'ai pas voulu ça. Ils m'ont tout pris, ils ont séquestré et tapé tout le monde. C'est eux qui ont monté les guets-apens. Ils m'ont intimidé ensuite pour pas que je les balance. Ils ont menacé de kidnapper mes filles, papa, de brûler les granges, ils en voulaient toujours plus.

— Je pige rien, PH.

— Je vais vous envoyer un diagramme.

— Ça fait trois mois que tu dois nous envoyer ce diagramme magique. Pourquoi t'es pas allé voir la police si tu étais menacé ?

— La juge fabule, elle imagine que je me victimise.

— Tu ne lui as pas expliqué que tu as été menacé ?

— Durant la confrontation, chez la juge, le gitan était derrière moi, dans le reflet de la vitre, je surveillais ses mains. J'étais focus sur ça.

— Tu pensais vraiment qu'il allait se jeter sur toi ?

— Tout est possible, c'est un malade, ce mec : il m'a fait un bras d'honneur et des signes.

— Et ?

— Tu comprends pas, j'ai été menacé. Je suis sous son empire ! IL VEUT MA PEAU !

— Au premier interrogatoire, t'as rien dit non plus aux enquêteurs ?

— Non… Je croyais que c'était du bluff, une fausse arrestation, des faux flics, que gipsy Diego me testait.

Une nouvelle dimension s'ouvre. Une brèche dans le rationnel.

— Et tu as précisé tout ça à ton avocat ?

PH fait un geste bizarre de la tête. Il baisse la voix, a les larmes aux yeux.

— J'arrive pas à parler à la juge. Elle est contre moi.

— Euh… elle fait juste son travail. Elle a un cadre qui s'appelle la loi. S'ils t'ont menacé, tu aurais dû aller voir les flics. À mon avis, elle attend juste que tu admettes cette erreur, ta responsabilité quoi.

Le malaise que je ressens depuis mon arrivée s'amplifie. Avec PH, chaque fois, j'endosse un rôle contre-nature : celui de la raison. Un rôle de figurant. Je rame à contre-courant.

— Vous comprenez rien et toi aussi, tu me juges ! J'ai tout fait pour vous protéger.

Je rumine ce verbe, je lâche :

— En tout cas, vu l'état de mes finances, je peux pas payer ton avocat. Pap' non plus, il a trop de dettes, et… il ne vendra pas sa baraque pour régler tous les frais.

Subitement, un cri. Mon frère frappe la cloison avec son poing :

— MAIS POURQUOI ?!

Dans les boxes, tous se taisent. Ses sanglots. Le murmure indistinct des conversations qui reprennent. Tétanisé, je me lève, je le prends dans mes bras, il hurle (et c'est le hurlement d'une bête) :

— MOI QUI FERAIS TOUT POUR LUI.

Il s'effondre, je pleure, il sanglote, je murmure :

— PH, cette maison, c'est tout ce qui lui reste.

Fin des quarante-cinq minutes accordées. Il me serre dans ses bras, chuchote je ne sais quoi : il y a des micros dans le parloir, je crois, on est sur écoute, sa voix est indistincte, il y a des Rolex en or aussi : enterrées dans l'airial. Il déraille ? Les gardiens nous réprimandent parce qu'on traîne. Il finit par partir. Je sors, ému, retourné, mal dans ma peau, que j'ai revêtue à nouveau.

*

Au volant, après un long silence, tandis qu'il pleut encore légèrement, la voiture rétrograde brutalement de la cinquième à la première, je me range sur le bas-côté, éteins le moteur qui se met à fumer. Devant nous, un radar, un panneau Barbezieux-Saint-Hilaire, un arbre décharné. Le souffle des véhicules fonçant à côté, sur le flanc, qui font trembler l'habitacle.

Je pense: PH est telle cette Clio kaki déglinguée. Par temps de pluie, d'orage, il ne voit rien, ses essuie-glaces ne fonctionnent pas. Et son cerveau, c'est comme cette boîte de vitesses qui bugge, rétrograde sans raison. PH a un problème de transmission, d'embrayage. Et son disque est rayé.

*

13 août

Chaleur lourde. L'hôpital. Les couloirs sont des tunnels interminables aux teintes pomme hallucinatoire de linoléum. Je pénètre dans la chambre de mon père au moment où sa sœur sort. J'ai l'intention d'évoquer le cas PHL, ma visite, mes doutes qui se confirment. Alain me prend à contre-pied:

— 1972, Alexandre.

— Quoi ?

— Avec ma sœur, on a refait le film de l'année 1972.

— L'année 1972 ?

— Oui… l'année 1972, on essayait désespérément d'avoir un enfant, avec ta mère. Sans succès. J'avais fait une batterie de tests. Le couperet est tombé : fertilité nulle. À la fin de l'année, j'ai décidé de subir une intervention prototype. Mais, la veille de l'opération, ta mère m'annonçait qu'elle était enceinte. Maintenant, c'est sûr…

Silence. Sourcils froncés. Je suis au bord de la nausée. (Il ne manquerait plus que mon géniteur me parle de congélation de sperme.)

— Qu'est-ce qui est sûr, pap' ?

— Ton frère n'est pas mon fils… Ton frère n'est pas de moi.

J'éclate de rire.

— Merde, pap', je comprends bien ton processus de dédouanement et de déculpabilisation. Même si c'est pas ton fils, tu l'as élevé !

Son petit air de conspirateur constipé s'évapore. Dans ses yeux : un voile qui vacille. « Ton frère n'est pas mon fils. » Il construit ce conte comme une barrière, une barricade, un mur pour éviter le tsunami qui arrive.

*

Je suis tel l'essuie-glace. J'oscille, bancal, entre les délires de mon père. Ceux de mon frère. Les miens sans doute aussi.

*

15 août

Paulette, l'ex officielle du professeur, me téléphone. Dans sa voix, un léger vent de panique, une odeur de circuit grillé :

— Je veux mettre les choses au clair. Je ne suis plus la compagne d'Alain. Même… si je suis inscrite en tant que telle au CHU, je… bon je… je ne pourrai pas le prendre en charge lorsqu'il sortira, je ne veux pas, vous comprenez, mon Dieu, je ne peux pas l'accueillir, c'est trop lourd, je ne suis plus sa compagne, j'ai besoin de souffler. Alain est… je… et vous comprenez, mon ex-mari a une leucémie, je dois faire un pèlerinage à Saint-Jacques-de-Compostelle, je… je tenais à mettre les points sur les i : vous êtes son fils.

Je lui réponds vertement :

— Vos histoires avec mon père, ça me regarde pas. Vous faites comme bon vous semble. Votre cul vous appartient. Et s'il y a un point à mettre quelque part, ça serait plutôt sur le i du mot « hystérie ».

*

16 août

L'airial a été saccagé. On le découvre au petit matin. La terre a été retournée, Sébastien affirme que c'est l'œuvre de sangliers en quête de glands. Souvent, les hordes se déplacent la nuit dans les Landes. En observant l'herbe arrachée, cette histoire de Rolex enterrées me revient. Cette plantation improbable de montres n'était peut-être pas une fable. Ce n'étaient pas des sangliers, mais un gang de gitans. Pas des glands : mais de l'or. Que la horde a dévoré.

*

17 août

Chaleur sèche. Brise légère et discontinue. Quelques traces de kérosène dans le ciel. Musique à fond, verres à la main, Kyungmi et Kim, en bikinis olive, dansent au rythme d'un girls band coréen de K-pop. Benjamin, en bermuda rayé, prépare des cocktails au bord de la piscine moisie. Caleçon troué, allongé sur le flamant rose flottant, Soo-il écrit. Dans le transat, en robe de chambre multicolore, lunettes de soleil relevées, je lis *La main gauche de la nuit*. Il est peut-être midi. L'été nous paraît éternel, invincible, quand, soudain, une vieille Peugeot déboule, suivie d'une estafette Renault anachronique, et s'arrête au milieu de l'airial. Une razzia des gitans ? Non, l'huissier à la moustache rétro sort du véhicule, accompagné de deux gros bras. Il aperçoit notre groupe, me cherche dans l'aréopage de fêtards avachis ou dansants, s'avance, me tend un papier : une ordonnance de saisie. Les filles continuent de se déhancher. Je me lève, lis vaguement la notification. Benjamin propose un Singapore String à l'huissier. Il refuse. Je lui mets de force le verre dans les mains.

— Pas de chichis entre nous.

Benjamin me sert un autre verre. Je trinque avec l'officier, l'interroge :

— Mmm… Combien vous voulez ?

— 5 000 €, il hausse le ton pour couvrir le son de la K-pop.

C'est la déchéance totale. J'adore.

— Mmm… Le piano ! Prenez le piano. Il est dans le salon.

Il finit son verre cul sec, fait un signe aux deux gros bras et au conducteur de l'estafette, qui discutaient en fumant à l'ombre d'un chêne. Tous se dirigent vers la maison.

Ainsi débute
l'exode des meubles de mon père,
le démantèlement de sa vie.

*

18 août

PH envoie son fameux diagramme. Supposé éclairer d'un jour nouveau son affaire dont j'ai commencé à reconstituer quelques éléments (en fonction de ses déclarations, du récit de son ex, de mes déductions), saturé de dates, de flèches et d'initiales, il est illisible, m'embrouille encore plus.

C'est Alexandra qui le décrypte.

Voulant échapper à une probable mise sous tutelle par sa famille, Louise M., la riche héritière fantasque, confie à PH, afin de le mettre à l'abri, son patrimoine financier d'environ 643 000 €, qu'il investit dans quatre affaires, quatre mirages, censés fructifier. Tout capote. Mon frère se fait escroquer quatre fois : une première fois par la banque espagnole, une deuxième par un gérant de pizzeria, une troisième par un vendeur de camping-cars, une quatrième par un garage, autant de placements obscurs. Il perd tout. Il s'acoquine alors avec des bras cassés et un gitan. Voulant accaparer l'argent, tout en faisant croire à PH qu'ils volaient à son secours, ils montent des expéditions punitives, ça dégénère, tous portent plainte contre PH.

*

28 août

Située derrière la poste, au cœur du village, vigie intemporelle des Landes du Centre, la gendarmerie de Roquefort est pourtant loin d'être débordée. Il est 17 h 30, la fermeture est imminente et visiblement nous dérangeons les deux gendarmes de faction qui soupirent ostensiblement en nous voyant, escomptant plutôt la quille, l'apéro, peut-être de la glace pilée pour atténuer la chaleur étouffante, congeler leur rêve d'ailleurs. Ils nous considèrent comme une aberration visuelle, deux mouches qu'ils essaient de chasser, l'un en fermant les yeux, l'autre en s'enfonçant dans son siège similiskaï, disparaissant derrière (probablement même dans) l'écran de son ordinateur. Nous sommes les seuls « clients ». J'attends que l'agent d'accueil sorte de son apnée oculaire pour déclarer que je veux déposer plainte. Je récapitule rapidement l'histoire : usurpation d'identité, vol de camping-car (accessoirement d'une arbalète et d'un violon). Blasé, le gendarme geint :

— Ah, ça me scie les fesses.

— Qu'est-ce qui lui sciiie les fesses ? demande Kim. De devoir traaavailler ?

Il hausse le sourcil, examine l'oiseau, puis nous convie dans son bureau. Muni de l'immatriculation du camping-car, fier, il le localise au bout de cinq secondes. Vendue en juillet 2017, la « *bête* » appartient désormais à un certain R. Q., qui habite dans le 56 (Morbihan). Vu la complexité de l'affaire (et la fermeture « immédiate » de la gendarmerie), il ne peut enregistrer ma plainte. M'invitant à écrire un courrier à la juge qui instruit le cas PHL (ce que je fais le lendemain – lettre qui restera à jamais sans réponse), il nous pousse littéralement dehors. Kim se débat :

— C'est çaaa la France ? C'est couche de soleil sur la Justiiice ?!

J'essaie de la museler, posant une main sur sa bouche. Elle me mord. Je hurle. L'agent hésite à nous coffrer.

*

29 août

Deuxième visite à la maison d'arrêt d'Angoulême. Mission moralisation.

— Merde, PH, t'imagines tout l'argent que tu as eu dans les mains et qui est parti en fumée ? 643 000 € !

— Je sais. Je n'arrête pas de me refaire le film dans la tête, j'arrive pas à l'expliquer, j'étais dans la nasse. Depuis la mort de maman, je suis dans la nasse, j'ai pas pu faire le deuil, Alex.

— PH, j'étais en Corée quand elle est morte. Le soir de sa mort, j'étais obligé de bosser, d'aller à un concert, d'applaudir.

— Moi, je l'ai accompagnée jusqu'au bout Alex, j'ai attendu un signe, c'était difficile.

— Quel signe ?

— Avant qu'elle ne meure, j'étais là, j'étais à l'hôpital, je lui ai demandé de me faire un signe quand elle serait morte. Un signe pour me montrer que…

— Que quoi ? Quel signe ?!

— N'importe quel signe.

Je le regarde, médusé. Sensation d'évoluer dans un cratère, sur la Lune, le scaphandre perforé.

Ne pas me laisser envoûter. Renoncer à essayer de comprendre. Suivre ma feuille de route. Fuir ses méandres. Poser le pied sur les questions qu'il laisse sans réponses.

Je saute…

— Qu'as-tu fait des cendres de maman ?

— Je… ne sais pas. C'est inextricable.

… Je saute du coq à l'âne.

— Et la Porsche Panamera, elle est devenue quoi ?

— Je l'ai vendue sur Leboncoin.

— Ah ouais, t'es vraiment débile !

— C'est facile de dire ça quand on est pas en prison, quand on est pas menacé, tu me juges (il hausse le ton). Vous comprenez rien ! J'ai été profilé !

Il fait un geste de bras bizarre, puis il hurle :

— VOUS ÊTES EN DEHORS DE LA RÉALITÉ !

J'ai un vertige.

À quoi m'accrocher ?

À quelle rampe ?

Dans le silence, je mâche sa phrase.

Chaque atome de sa phrase.

Je le fais répéter :

— On est en dehors de la réalité ?

— Oui.

Je reste pensif puis je murmure :

— Tu sais, la juge, elle a une réalité et cette réalité, ça s'appelle la loi.

Étrange renversement : moi l'écrivain, le mythographe, je deviens le porte-flingue du réel.

Son second. Son laquais.

Son piètre Sancho Pança.

L'avocat du diable.

(Le diable, c'est le réel.)

*

Chemin du retour, Angoulême-Labrit, j'erre à travers les vignes de cognac. Je prends mon temps. Kim appelle, demande comment s'est déroulée ma deuxième visite. Je lui rapporte que PH a dit qu'on était tous en dehors de la réalité. Kim hurle :

— Mais c'est la réaaalité qui se fout de la chaaarité !

*

Dissection de l'irréel. Je songe au lapin qui se balade dans la propriété familiale. Peut-être a-t-il les mêmes pouvoirs que celui d'*Alice*. Peut-être est-il gardien de cet autre réel, qu'il en connaît le chemin. Je divague mais ça me fait sourire : ce lapin, je le décrète, c'est ma mère réincarnée. Le signe que PH attend ?

*

Mi-août

Les soirées déjantées (d'autres amis passent également) se multiplient à Labrit, où Soo-il essaie de trouver dans le vin qu'il boit sans soif des idées pour son scénario. Une partie de la cave paternelle y passe. 1973, 1975, 1979, 1985, 1989, 1992 : on remonte le temps à l'envers. Les cépages. Notre joie d'être ensemble. D'oublier le monde.

Je vois fuir l'été dans une sorte d'espoir.

*

16 août

Le Cercle devient notre refuge. On y passe tous les jours. Les habitués nous parlent de légendes landaises, de puits, de bergeries, de fantômes et de suicides, d'apparitions et de disparitions qui peuplent le pays. Sylvia, la serveuse, évoque un lac hanté à côté de notre maison, au bout du chemin de Pébidaou, bordant le ruisseau du Biensang (un nom à geler le mien), affluent de l'Estrigon, lui-même affluent de la Midouze, rivière phare de Mont-de-Marsan.

Une nuit de pleine lune (trois jours se sont écoulés depuis), elle y est allée avec son camionneur pour observer les reflets de l'astre dans l'eau. Un vent léger faisait frémir les aiguilles des conifères. Le cubi de Tursan, la douceur du temps, l'humeur de son âme sœur promettaient une soirée romantique. Elle a viré au fantastique. Ça a commencé par des bruits. Chouettes, renards, cerfs, cigales. Une symphonie surnaturelle. Puis soudain le silence. Un murmure. Un sifflement. Une ombre impossible sur la surface ondulée du lac. Oui, c'est ça, quelque chose qui court. En face d'eux. Sur l'autre rive. Vite. Trop vite pour être vrai. Sons de galop, de plumes. Le gémissement du vent. La chose qui fonce vers eux, faisant le tour du bassin, en « sprintant ». Branche ou bâton dans les mains. Ou étaient-ce des cornes ? Abandonnant le cubi de Tursan à son sort, ils ont sauté dans leur Renault 14, oubliant de passer les vitesses, poussant à fond la première dans les chemins de sable, pour rentrer chez eux, au village, sang glacé, épiderme hérissé.

Kim me pince (pour voir si je suis réel ?), je sursaute, elle me chuchote :

— C'est Dokkaebi. Une raaace de fantôme. Ni dieu, ni mammifère. Un gentil démon mokeur. Il aime djouer au poker avec les hommes.

Elle se demande ce qu'il fabrique en France. Je n'ose dévoiler à tous que la bête au bois sprintant, la bête du ruisseau Biensang, c'était possiblement Soo-il, ivre, perdu dans la forêt. (Il y disparaît souvent la nuit, à la recherche de son inspiration.) Je reste coi, sans pouvoir réfréner un sourire rationnel. Le leader des érudits avinés m'observe, remarque mon scepticisme, ânonne :

— Le tac est une forme. En même temps, il n'a pas de formes. Il épouse toutes les formes : panier, agneau, taureau, chevreau, cheval, bouteille.

L'érudit éclaire la légende, encore tenace ici : le « tac » se manifeste dans les bois la nuit au bord des cours d'eau de Gascogne. Toujours sortant de nulle part. Il y rôde, y sévit, mobile, immobile, animé ou inanimé. Son vœu, c'est de porter et d'être porté (et plus on le porte, plus il devient lourd), et quand il l'est (porté) : de jeter les hommes dans les ruisseaux.

Je pense : « Le tac, c'est le tao, mais en plus méchant. »

*

21 août

Après-midi de canicule dans les Landes. Le président du syndic est affolé. Il me laisse un message sur le répondeur que j'écoute avec curiosité, en finissant un Landes On the Frog (lait de vache bazadaise, jus de kiwi de l'Adour, anis, bière et un soupçon d'absinthe) concocté par Benjamin. Le président allègue qu'une fuite provenant de notre appartement parisien inonde le rez-de-chaussée, menace les fondations de l'immeuble (sa raison d'être). Ce n'est pas une fuite, c'est un raz de marée, il va tout emporter. Je rappelle le président pour le rassurer, « rien ne fuit », il me presse, exige de venir vérifier sur-le-champ, je suis ferme :

— RIEN NE FUIT ICI.

Est-ce que j'ai hurlé ? Suis-je si sûr que rien ne fuit « ici » ?

En beuglant, j'ai réveillé Benjamin, qui faisait une sieste dans la BMW Turbo 2002 du paternel, cocktails posés sur le tableau de bord. Le pasteur fantasme sur ce modèle vintage, rêve de la conduire, mais son permis lui a été retiré (il a brûlé trop de feux rouges).

Le président revient à la charge. Tandis que je contemple la BM garée dans les herbes hautes, je répète :

— Je vous dis QUE RIEN NE FUIT ICI.

*

22 août

Séquelle d'une soirée arrosée, je dors sur le canapé du salon, à côté du vieux billard. Un poids sur moi, enroulé autour de ma taille : le boa Kim, à qui je sers de coussin, de matelas, de branche. C'est l'aube, j'entrouvre les yeux, une ombre me fait sursauter : un visage collé à la vitre. C'est Soo-il, vêtu d'une cape et d'une chapka, complètement ivre, une boîte d'allumettes qu'il a soustraite à ma collection dans une main, un verre de vin dans l'autre, et une brochette de langoustes grillées sous l'aisselle, restes du barbecue de la veille. Il essaie d'ouvrir la porte, les yeux à moitié fermés, luttant contre la gravité.

— Tu as dormi où ?! je lui demande en ouvrant.

— Sur le tracteur, il marmonne, avant de partir en chancelant vers sa chambre.

Laissant Kim à ses rêves, je vais dehors, fais le tour de la propriété. Aucune trace de l'engin. Je m'enfonce dans les bois, pour le découvrir, au milieu d'une baie de houx-frelon. Je ne parviens pas à le faire redémarrer : il n'y a plus d'essence et une corde entrave lames et roues. J'avais bien entendu le ronronnement de son moteur cette nuit, des cris, des rires, des chants, j'avais mis mes écouteurs, m'étais endormi en savourant une version jazz d'*Orpheus in the Underworld*.

Les facéties de Soo-il : ivre, il a conduit le tracteur dans la nuit, destination le village peut-être. Il a dû tomber en rade après avoir tourné en rond dans la forêt.

*

24 août

Le président du syndic menace de couper l'arrivée d'eau de mon appartement de Paname, parce que je lui en refuse l'accès alors qu'il doit absolument vérifier que rien ne fuit chez moi : c'est une question de vie ou de mort (de SON bâtiment, de son règne, de son mandat).

Le ciel, d'un bleu d'opale, mais terne.

*

25 août

À Labrit, ça commence à jaser. Deux mois qu'on n'a pas vu le professeur au village : il est peut-être sous la coupe de son fils cadet ou d'une secte asiatique. Tous ces va-et-vient dans la forêt, c'est louche. C'est à l'unique boucherie du coin, dans un village voisin (Brocas), qu'on me fait part de ces commérages.

— Ici ça mythone graave, commente l'apprenti, qui a des origines indonésiennes.

Le charcutier-chef m'informe également : mon père lui doit de l'argent, plus de 500 € de biftecks et de bavettes. Il se plaint. Je lui assure qu'il en reverra bientôt la couleur (de cette oseille). Évidemment, je mens. Je me promets de ne plus retourner acheter de viande chez lui, de rester chaste (végétarien) jusqu'à mon départ.

*

Réinterprétation moderne du Petit Poucet ? Quel chemin voulait-il retrouver ? À quel ogre voulait-il échapper ? Papeterie, boucherie, boulangerie, Proxi, station-service… mon père a essaimé ses dettes dans la lande. Autant de lieux que j'évite désormais de fréquenter, ne souhaitant pas être acculé à payer pour sa pomme. Heureusement, le professeur ne s'est jamais rendu au Cercle des Démocrates, où je peux continuer d'écluser (à crédit et en son nom) mes cafés-bières.

*

27 août

Il y a eu un cri dans la nuit, je n'y ai pas prêté attention.

C'est Kyungmi, la compagne de Soo-il, qui l'a poussé. Elle a fait un cauchemar étrange. Dans sa chambre (le couple ne dort plus ensemble), à côté de la fenêtre, en face du lit à baldaquin, se trouve une chaise rouge. Dans son rêve, assise sur ce fauteuil, apparue de nulle part, drapée de beige, une femme âgée regardait Kyungmi à moitié assoupie, avec l'air de se demander ce qu'elle faisait là. Brusquement, la vieille dame s'est approchée de son visage, flottant dans les airs. Kyungmi a alors crié, se réveillant en sueur, cœur battant à tombeau ouvert.

*

28 août

Au Cercle des Démocrates, en terrasse, à l'ombre d'un chêne, buvant un bas-armagnac, je songe au lapin majestueux et j'ai un flash. Kyungmi et Soo-il viennent de repartir à Séoul. Kim a été réquisitionnée pour une urgence professionnelle à Paris. Je l'appelle, lui demande si la femme âgée dont sa copine a rêvé avait les cheveux roux, comme ceux de ma mère. Elle ne sait pas, envoie une photo de ma famille au complet à Kyungmi, l'interroge : l'épouse sur l'image, est-ce la femme qu'elle a croisée dans son rêve surnaturel ?

Réponse quelques heures plus tard :

— Oui ! C'est exactement elle !

*

Kyungmi ne connaît pas ma mère, ne l'a jamais vue. Que faisait-elle sur cette chaise ? Qu'attendait-elle ? Que voulait-elle lui dire ?

En Corée, souvent, les fantômes parlent aux vivants.

Kim a consulté les oracles, sa chamane : c'est à moi que ma mère veut parler. Que veux-tu me dire, maman ?

Quelles couleuvres veux-tu m'aider à avaler ?

*

30 août

À l'Intermarché de Labrit et partout au village, des affiches ont été placardées, signalant la disparition le 6 août d'une femme de trente ans, Laura Fay, salariée d'Amazon. Après son passage à la caisse du supermarché, elle n'a plus donné signe de vie. Elle devait se rendre au festival Musicalarue de Luxey. Au Cercle, les hypothèses vont bon train. La majorité ivre penche pour un rôdeur. Kim (revenue) : pour le mari. Elle n'en démord pas.

— Quand y a loup, faut chercher l'hooomme.

— Quand y a un loup, je rétorque, faut plutôt chercher le camping-car.

J'explique à l'assemblée : Laura Fay est partie avec son mec en camping-car d'Ardèche pour venir ici. Ce véhicule, c'est la clef de l'énigme.

Silencieux jusque-là, le pasteur me tire par la manche, chuchote :

— Le 6 août, c'est pas dans ces eaux-là que Soo-il a atterri dans les Landes ?

*

2 septembre

Retour à Paris. Kim décortique les crevettes-mantes acquises le matin sur un marché. Elle me taquine, prétend qu'elles me ressemblent. Ce sont mes cousines : des aliens unisexués. Elle gobe la tête, laisse le corps pour les makis. Je l'aide à préparer l'assaisonnement, une sauce samouraï new age, lorsque l'écran du smartphone s'illumine. Mon frère :

je me hais

je m'en veux

je dois aller voir un psy

Je réagis machinalement :
pourquoi ?

Il s'autoanalyse :
parce que je suis maudit
ou parce que je m'automaudis

Un instant de sidération. PH se croit victime d'un sortilège, imagine qu'un psy peut l'en libérer ou le désensorceler. Les deux. Je réfléchis. Peut-être l'est-il vraiment.

je suis maudit et tout se délite

je ne cesse de refaire le film

si je suis en prison, c'est que j'ai
été mal élevé

Cette phrase : crépuscule du réel. Sarcophage posé sur la vérité, qu'il rhabille pour l'hiver. La faute des autres, toujours : pour rien au monde, la sienne. Sa cécité m'irrite. Moi aussi, j'ai été mal élevé. Je n'ai pas fini en prison. Mais en Chine. (C'est peut-être pire, remarquez.)

> j'aimerais juste tant
> refaire le film

Je coupe court de suite. Chaque fois, le dialogue est impossible. Ou il le rend à dessein impossible. Et puis, quel film ?

*

Nouveau message, nouveau délire. PH part dans une diatribe antijustice, me demande de constituer un pool d'avocats américains pour le défendre, de contacter Dupond-Moretti, de lancer un crowdfunding, d'avertir la presse, les médias (la NASA ?).

*

Nos discussions clandestines sont sporadiques. J'essaie de plus en plus de les éviter. Elles m'éreintent, me désarment, me mettant en face de son désespoir, sa rage, ses failles, son court-circuit. Le mien. Elles tournent en rond. Pire : lorsque je lui parle, j'ai l'impression de tourner en rond avec lui dans sa tête. Pire encore : j'ai l'impression que c'est voulu, délibéré, il entend m'aspirer dans son mal-être, son bug, sa pensée circulaire.

Comment fuir quand tout te happe ?

*

5 septembre

Labrit. Chant brouillé des cigales. (Je n'ai jamais entendu autant de cigales dans les Landes. Comme si elles avaient migré du Sud-Est au Sud-Ouest. Comme si la Méditerranée s'étalait.) Fenêtres ouvertes, nous rangeons la maison landaise pour préparer le retour de mon père prévu dans quelques jours. S'étant mis en tête de tout défriper (laver, repasser, plier), fétichiste de l'immaculé ou victime des incantations de sa chamane (d'un rite obscur de purification feng shui), Kim retourne tous les tiroirs de la chambre paternelle.

Elle hurle. J'accours.

L'ectoplasme ressuscité ?

Non : un fond caché dans un placard, où elle vient de découvrir un godemiché mauve, des cuissardes jade taille 41, de la lingerie érectile. Confessions électriques de l'alcôve. Elle saisit l'objet phallique.

— C'est un Taiiiseur ?

— Oui, c'est un taiseur qui fait crier.

Nous plaisantons mais je m'avoue déconcerté.

Mon père en travesti ? En gay non émancipé ?

Pas vraiment : sous un string minimaliste, je déniche un crucifix rouge. Instrument d'un plaisir trop catholique pour être honnête. Jardin secret de Paulette et du professeur ?

*

8 septembre

PH a changé à nouveau de pseudo. Il s'appelle désormais Xoni. Il change de pseudo comme de peau. C'est une nouvelle maladie. Fiévreux, le traducteur automatique m'indique que Xoni pourrait correspondre au mot grec χωνί, qui signifie entonnoir.

J'ai besoin de toi

Je pense : « Moi aussi j'ai besoin de moi », ne peux m'empêcher de communiquer avec lui finalement :

j'ai parlé à Alexandra
tu m'as menti sur plusieurs choses

Il répond :

n'écoute pas Alexandra, c'est une
manipulatrice précoce

Qui me manipule ?
Je navigue dans un univers
où le flou est souverain, tyran.

*

Les Landes : est-ce vraiment le nom du syndrome PHL, de son mal étrange et sans nom ? Les Landes seraient-elles la nef de sa folie ? Le nerf de sa guerre ? Loin de la circulation, des grands axes, loin des flux, d'une société agitée et mobile, loin de la fabrique de la modernité,

« vaste cathédrale de méditation »

elles prônent l'immobilité. Un temps (une structure du temps) et une surface autres, étales, stationnaires. Les Landes porteraient en elles une utopie, un certain refus du monde, de son accélération, de notre aliénation, un nécessaire détachement du réel. Antidotes à l'exode, elles offriraient une immunité. Une protection. Cette recherche éperdue du paradis perdu, de sa magie, de ses harmonies (vivre dans la forêt, son esprit, au milieu de la nature, des animaux, des légendes) serait-elle si insensée ?

Mon frère déglingué ? Vraiment ?

Ne serait-il pas plutôt le reflet, le relief, de notre folie à nous : celle de vouloir courir le monde ?

Symphonie pour la forêt guillotinée.

*

13 septembre

Tandis que la radio annonce la formation d'un ouragan monstre dans l'Atlantique, puis l'ouverture d'une enquête sur la disparition inquiétante de Laura Fay, on file vers Soulac-sur-Mer, où Benjamin tient à voir Le Signal, HLM en bord de mer, menacé par l'érosion côtière.

Étrange idée que d'avoir posé sur une dune, face à l'océan, aux avant-postes de la ville, tel un phare, cette hérésie architecturale, seule barre en béton rectangulaire de quatre étages à des kilomètres à la ronde. Rêve décrépit de l'aménagement du littoral, résidu rouillé du passé (éclaireur des temps futurs ?), déserté, tagué, éventré, vitres brisées, navire échoué ou vaisseau fantôme, l'immeuble penche dangereusement au-dessus du vide.

Kim dévore une barbe à papa. Dans le ciel, un archipel de nuages. Benjamin est prostré (peut-être prie-t-il). Il murmure :

— Le Signal s'effondre.

Prophète, apocalypticien placide, je philosophe :

— Ici, nous sommes à l'avant-garde de la fin du monde.

— La fin du monde, c'est régressif, Laaabruffe.

AUTOMNE

Le temps est différent ici

Fin septembre

C'est la fin de l'été. J'ai beau m'être réinstallé dans la capitale, je continue mes trajets, entre Paris et Bordeaux, Bordeaux et Labrit, Labrit et Angoulême, pour aller voir le paternel, PH. Mes allers-retours ville-forêt incessants me renvoient sans fin au début de l'été. Cette histoire a fait de moi un nomade, un vagabond. Toujours en partance, en transit. Jamais arrimé. Mon mouvement est perpétuel.

Certains chemins que j'emprunte
pour rejoindre la maison familiale, après l'hôpital,
sont liés à mon enfance,
rouvrent à nouveau
les routes
de mon passé,
ravivent
des connexions perdues,
réveillent d'autres souvenirs enfouis,
débloquent certaines portes claquées

de ma mémoire.
Nostalgie et terreur de cette nostalgie.

ici c'est la machine

Fragments de matière noire,
ces routes sont un fil :
le fil sur lequel j'avance, éclopé,
funambule, au-dessus du gouffre.
Bancal, c'est ainsi que je crois :
dompter le précipice.
Chaque tronçon a un goût différent.
Parfois celui de ma mère,
ou d'une figue, un autel scintillant,
d'un sachet de fraises séchées.
Plus je m'enfonce dans la forêt,
plus les saveurs me reviennent.
L'interminable ligne droite de la D219 (Villagrains-Louchats) : portion âpre, monotone, à l'odeur de nappe plastique, celle de la famille qui nous gardait parfois, dont le fils jouait furieusement à *Pac-Man* et dont les tongs nacrées m'effrayaient.

ici c'est la machine prison

Mon père est à Lège-Cap-Ferret en maison de repos, ce que les professionnels appellent un CSSRR (sigle crissant : Centre de soins de suite et de réadaptation respiratoire). Son retour dans sa maison des Landes ne s'est pas bien déroulé. Sa tentative de réinstallation : avortée au bout de trois jours, à cause d'une maladie nosocomiale au nom étrange, le *Clostridium*. Il avait fini aux urgences, puis, après quelques jours de traitement, était parti pour Lège en CSSRR. Depuis, il semble

ne pas accepter son état,
son handicap,
la perte de ses reins,
surtout de son autonomie :
son obligation d'être dialysé tous les deux jours ;
sa vie qui ne tient qu'à un fil,
deux tubes
qui évacuent l'eau,
régénèrent son sang.
Son état tranche avec cet été :
atone aujourd'hui.
Tout semble anémie chez lui :
il a perdu l'appétit, le goût,
celui des aliments,
même celui des autres,
pire, celui des mots.

« l'automne à la fin
n'est plus qu'une tisane froide »

Son odorat s'est également volatilisé.
Est-ce l'effet des médicaments ?
Les médecins, ou plutôt les internes
(car les médecins, invisibles, ont délégué

l'humain aux internes),
peinent à mettre des mots
sur le mal de mon père,
l'origine de son agueusie,
de son anosmie,
ou peinent à me l'avouer.

Un message Imo clignote,
luit sur mon smartphone :

> ici c'est la machine prison
> ce sont des loups
> faut me faire sortir

Son état physique se dégrade.
Est-ce inéluctable ?
Mon oncle estime que mon père
s'enfonce dans la déprime.
PH veut me parler.
Je me connecte.
Il veut me parler des loups
et de la machine prison.
Il est toujours en détention provisoire.
Sa détention provisoire est sans fin.
La juge : sans pitié.
Cinq mois maintenant. Un bail.
PH veut parler de son incarcération.
Conjonction inédite de nos intentions :
je veux bien l'entendre.

Mais la discussion est parfois
coupée par des problèmes de réseau.

LUI : la colère que j'ai maintenant

La porte-t-il depuis sa naissance ? S'est-elle amplifiée à notre départ des Landes ? Est-ce la clef de son mal ? Le symptôme ? Après la forêt : le déluge ?

MOI : la colère que tu as maintenant ?

LUI : je ne l'avais plus,
elle est revenue

Quelle colère ? Celle d'être né ? D'exister ? « Je n'ai jamais demandé à naître » : ado, il ne cessait de seriner ce leitmotiv, cette vieille lune, à mes parents, pour leur soutirer un soutien inconditionnel.

LUI : la colère je l'ai là
de nouveau contre
le temps contre moi contre
l'avocat l'inertie les codétenus
j'ai subi avec K. les
gitans les espagnols
seul j'aurais pu régler
cela par une tarte
si j'avais été réveillé

MOI : tu as de nouveau la Colère ?

Mes questions sont volontairement répétitives, hypnotiques. Je joue l'hébété. Sans doute le suis-je devenu. Parano et hébété.

> LUI : colère que maman soit
> plus là que maman n'était plus
> dans ma vie depuis un moment,
> du temps perdu, comme si

Comme si quoi ?

> LUI : j'étais dans la nasse Alex
> comme si j'avais été
> anesthésié par la mort
> de maman. J'en veux à leur gestion
> familiale. Là je me réveille.

Je ne crois pas qu'il se réveille. Je ne crois pas à la fable du réveil. Et s'il se réveillait, il se réveillerait de quoi ? D'un mauvais rêve ? D'une « mauvaise vie » ? D'une nausée ? Fugitive cette sensation : mon frère joue-t-il encore un rôle quand il me parle ?

> MOI : pourquoi tu dis « la machine prison » ?

> LUI : je suis enfermé tout le temps
> j'ai qu 1 h 30 dehors matin et
> après midi je mange mal c'est
> surgelé et pauvre c'est risqué
> les détenus sont violents et
> drogués il y a des bastons tous
> les jours à cause des trafics

MOI : des trafics ?

LUI : de shit de sucre
de pilules de phones
de clopes de pq
de médocs de lait de café
de tout ils sont tous
fous de café
de café et de TV ça arrive de
l'extérieur et ça passe
entre les mailles c'est
tellement ahurissant ici
qu'ils se droguent pour accélérer
le temps plonger
dans le néant
il y a un prêtre moi je
vais régulièrement le voir
sa messe m'apaise

MOI : rien n'est fait pour ta réinsertion ?

LUI : c'est la désintégration ici
c'est la machine prison

Il répète : « Je suis maudit et tout se délite. » Il dit : « J'étais dans la nasse, Alexandre. » Il dit : « La mélancolie est mon pays. » Il répète : « Là, je me réveille. » Je demande : « La nasse ? » Il répond : « Non, la nasse, Alexandre. »

*

Les deals,
les conflits incessants,

les trafics en tout genre :
mon frère dresse le portrait
de la violence ordinaire en prison,
de l'inhumanité des conditions,
d'un milieu sans foi ni loi
– la jungle et la junte –,
où règne la guerre.
La terreur est le maître mot,
le métronome de la vie cellulaire.

Entre
les matons militarisés,
les caïds caféinés,
et autres
prisonniers
drogués, paranos,
imprévisibles,
farouches et féroces,
sous perfusion de télévision,
de violence et de substances,
mais toujours en manque :
c'est un cocktail apocalyptique,
le darknet du réel.

La prison,
zone de non-droit,
où
tout se deale,
tout est prétexte à bagarres, brimades, domination,

tout se paie plus cher qu'ailleurs.
Un univers ultracapitaliste,
plus sauvage qu'à l'extérieur.
(Préfiguration du monde à venir ?)

C'est plutôt une découverte pour moi :
la prison est un camion-ordure,
une machine
dont l'unique fonction
est de broyer,
déshumaniser les hommes,
considérés, traités
tels des déchets, des rebuts
sociaux.
La geôle transmute
les hommes en zombies.
Ce n'est pas nouveau.
Mais je le vis, l'apprends de l'intérieur.
Mon frère est le cheval de Troie
de mon réveil sur le sujet.
PH est à la casse.

*

La discussion confirme l'impression que j'avais eue en lisant, aussitôt que PH y était rentré, le rapport de visite de 2016 de la maison d'arrêt d'Angoulême rédigé par le Contrôleur général des lieux de privation de liberté. Même édulcoré, il en dressait un portrait peu flatteur : vétusté des lieux, surpopulation, problèmes d'hygiène…

Les commentaires cliniques,

W-C sans porte, non isolés, moisissures, dégradations
diverses, deux douches par semaine, surface disponible par
personne de l'ordre de 5 m², locaux des douches
d'une propreté douteuse, bouches d'aération empoussiérées,
absence d'ouverture vers l'extérieur, humidité palpable,
peintures des plafonds décrépites,

m'avaient donné l'image d'une prison moyenâgeuse.

Où c'est l'homme qu'on écaille.

Image renforcée par son ancienneté : la maison d'arrêt d'Angoulême est la plus vieille prison de France en activité. Construite en 1858, mise en service en 1870.

Le rapport, enfin, était formel : « *Très peu de projets d'insertion socioprofessionnelle sont élaborés.* » Je l'imaginais, mais sans le voir, ni le savoir. Aujourd'hui, c'est tangible.

La prison est un chenil
pour chiens sauvages,
un couloir de la mort sociale,
sans autre fonction-mission
que celle d'enfermer.

ici c'est la machine

D'autant plus que la maison d'arrêt d'Angoulême est surpeuplée. Elle comptait en 2016, disait le rapport, 195 écroués pour 80 cellules, soit 2 ou 3 personnes par cellule, officiellement, partageant 5 m^2.

— Non, 5 personnes par cellule, rectifie PH, lorsque je lui demande de confirmer.

Seule extase possible: la bibliothèque, les cours de cuisine.

Que faire de l'homme qu'on écaille?

*

Comment mon frère peut-il survivre dans ces circonstances? En se soumettant, je suppose. Dans quel état en sortira-t-il? Plus déglingué qu'avant, j'imagine.

*

En 2016, sur 195 écroués, il y avait 71 prévenus, 124 condamnés: 90 % de peines correctionnelles, 80 % à moins de 3 ans de prison; 6 seulement à des réclusions criminelles de plus de 10 ans. 172 détenus étaient français. Parmi les nationalités étrangères, on dénombrait des Géorgiens, des Roumains, des Russes, des Arméniens, des Centrafricains, trois Sénégalais, deux Congolais, deux Angolais, deux Marocains, un Belge, un Britannique, un Surinamais.

ici ce sont des loups

L'univers de violence et
de délitement généralisés
(des mœurs et des murs)
m'estomaque.

Nombre de détenus monnaient leur corps contre un surplus de nourriture. Les plus pauvres se font, littéralement et dans tous les sens du terme, baiser.

L'administration pénitentiaire est aveugle à ces deals sexuels.

N'en garde pas mémoire.
Pas de sodomie sans amnésie.

C'est *Mad Max* à huis clos,
mais là, l'essence, c'est le sexe.

Autre chose me choque
dans ce que dit PH :
c'est qu'il va à la messe.
Il y trouve un refuge,
alors que notre famille est athée depuis la nuit des temps,
fondamentalement et définitivement athée.

la messe me désaltère.

Va-t-il se radicaliser en prison ?
Se métamorphoser en
grenouille
de bénitier ?

Le seul horizon des prisonniers, c'est peut-être ça :
la religion, l'illumination ou l'espoir d'une illumination.
Croire.

*

Messes, séances psy, cours de cuisine, TV, violences, menaces, paranoïa, ordre et terreur rythment le quotidien de ses semaines, sont la nouvelle colonne vertébrale de son existence.
Que faire des fauves qui couvent ?

*

Mon paternel ne mange plus,
PH présume qu'il s'inflige
ce que lui subit en prison.

La bactérie nosocomiale
au nom étrange,
le *Clostridium*,
est revenue.
Sans doute n'était-elle jamais partie.
La chamane dit :
— Les molécules sont éternelles.
Retour à
la case hôpital donc.
Il est contagieux :

pour le voir, il faut se protéger, s'habiller en cosmonaute.
Masques chirurgicaux, gants, combinaisons : jaunes.
(Étrange prémonition des temps futurs.)
Je veux voir un médecin,
on me renvoie automatiquement vers un interne,

ici, c'est la machine hôpital

quand j'attrape enfin l'interne,
il me renvoie, embarrassé,
vers la cheffe des internes,
que je secoue avec une question directe :
— Est-ce que le pronostic vital de mon père est engagé ?
Sur un ton affable, doux,
me laissant présager le pire,
elle parle de « perte d'élan vital ».
Euphémisme médical :
le contenu (le sens) ne dit rien,
le contenant (le ton) dit tout.
En mâchant l'expression
« perte d'élan vital »,
une image vient en moi :
celle d'un vaisseau spatial
qui n'a plus ni carburant ni énergie,
va bientôt s'arrêter,
errer sans fin dans le cosmos.

Flotte un instant dans mon esprit : le vaisseau du film *High Life*, de Claire Denis. Et, au ralenti, des corps de spationautes morts, qui tombent les uns après les autres dans l'espace intersidéral. Une chute flottante, ascendante, molle, lente. Au loin, dans la banlieue de la galaxie Alpha du Centaure, derrière leurs corps suspendus à l'infini, une comète qui embrase la Voie lactée.

J'insiste (mes mots se heurtent à cette image) :

— Est-ce que c'est une question de mois, de semaines, de jours ?

La cheffe ne se prononce pas, mais sous-entend la possibilité d'une fin brutale, d'autant plus que le traitement a affaibli le cœur de mon père.

« Je subissais l'effet de ce météore
Comme un accablement, comme une damnation
J'éprouvais le sentiment du tragique
De l'implacabilité »

À Labrit, l'huissier rétro vient saisir
un miroir sorcière en rotin 1950
réclamé par un antiquaire éploré.
Signé au début de l'été,
le chèque du professeur était en bois.

Octobre

Assis

« Sur l'onde calme et noire
où dorment les étoiles »

dans la nuit,
je pense à
la forme du monde,

un détenu s'occupe
de la bibliothèque
il a tué sa copine elle
l'aurait trompé
alors il l a tuée et l'a
violée c'est le plus instruit
de la prison il dit que c pas
lui qui a pris le couteau
que c est le couteau
qui est allé dans sa main
c le couteau qui a
décidé pas lui
le cerveau c est le couteau

des bruits de pas,
le bruit du vent à l'extérieur
qui souffle sur les arbres du parking,
les warnings d'une voiture dans une ruelle,
qui illuminent le bitume,
les nuages qui glissent sur le ciel,
amas de galaxies, nuages de gaz,
la respiration lourde de mon père,
je tiens sa main dans la mienne,
pour la première fois de ma vie peut-être,

> la prison c'est l abru
> tissement des sens

puis le bruit d'un écoulement,
d'un glougloutement :
c'est le médicament qui coule
dans ses veines,
parfois quelques cris et gémissements,
provenant d'autres chambres,
d'autres services,
des sons de fin de vie,
l'écho de voix dans le couloir, de conciliabules,
le couloir de l'hôpital tel un tunnel,
c'est la nuit,
et, dans la nuit, quelqu'un dit :
— Mon mentor est mort.

Lady Rose ?

PH m'a trouvé un nom de code :
Lady Rose, le nom
de son cheval fétiche aux Ménines.

tu es là ?

Il parle des surveillants,
de la prison, de pâtisserie,
d'Origne, de sa Colère, de temps bénis.
Je tiens la main de mon père.
Mon portable, sa fluorescence
éclaire mon visage,
dilate ma pupille, mes neurones.

« Dans le désert, perdu,
irrémédiablement perdu,
l'explorateur casqué de blanc
se rend compte enfin
de la réalité des mirages »

Une pétition sur les conditions de détention
a circulé au sein de la maison d'arrêt,
ça s'est su avant diffusion publique,
les instigateurs ont été convoqués, frappés,
mis à l'isolement au motif
de l'incitation à la mutinerie.
Quarante-cinq détenus l'avaient signée,
les leaders bâillonnés, muselés, matés, humiliés,

PH, prudent pour une fois, était resté à l'écart,
le leader de l'insurrection a pris cher.

il s'appelle Ben Hassem il est
primaire comme moi

Mon frangin dit qu'il est « primaire »,
il pose un nom sur son mal ?
Non. En parcourant *Prison, mode d'emploi*,
j'apprends que l'univers carcéral
a sa propre sale sémantique,
les « primaires », c'est ainsi que les matons
désignent ceux qui sont emprisonnés pour la première fois,
des bleus à bizuter
dont l'échine doit courber.
PH raconte qu'un surveillant,
au cours de la formation pâtisserie,
l'a accusé de vouloir l'empoisonner,

parano il m a menacé d'un
rapport j'avais rien demandé
à personne il a mangé ce que j ai
fait il l'a vomi sur mes baskets
Lacoste et il m a accusé
d avoir voulu le tuer
m a mis au mitard
les surveillants sont
des déchets déprimés
juste un est sympa on
sent qu il aime son métier

*

Dehors, au pays des ronds-points, la révolte gronde.

*

À Evry, je continue de donner mes cours de cinéma, me penchant, aujourd'hui, avec mes élèves, sur l'histoire de l'œil qui hante le septième art. Il s'agit de comprendre comment cet organe apparaît dans les longs-métrages, sous quelle forme, de quelle manière il est filmé, du *Chien andalou* à *La jetée* en passant par *Orange mécanique*, *2001: L'odyssée de l'espace* ou *Psychose*,

de l'œil coupé chez Buñuel (la femme)

à l'œil masqué et relié de Marker (le prisonnier),

en passant par l'œil omniscient ou malade chez Kubrick (l'ordinateur ou le criminel), ou l'œil mort chez Hitchcock (la femme),

je leur dis :

— Cet œil, c'est peut-être votre regard.

tu fais pas de vague
et d un battement de cil ici
ça peut délirer
avec un surveillant zélé qui
te pique ta production
de gâteaux
pareil avec un codétenu illettré
tu l assistes et il pense lui

que tu veux l arnaquer avec
des mots séduire sa meuf
alors que tu veux juste l aider à
écrire une lettre d'amour
lui il te balance
une bouteille en verre à la gueule
en te traitant de Judas de Jeanfoutre
ou un autre taré t enferme
dans un placard sans raison
moi j y suis allé j ai accepté
pour temporiser

Mon père ne parle plus à l'hôpital,
il attend que je converse,
je ne sais plus quoi lui dire,
alors je fais le clown,
je parle de la sexy chamane
qui interfère dans mon avenir,
pire : dans la déco de notre appartement,
sans cesse Kim change les meubles de place,
suivant des avis feng shui volatils et contradictoires.
— Je ne sais même plus où est le frigo, pap'.
Peut-être caché dans la remise.

personne n a de cerveau ici

En privé, je critique la tyrannie paternelle, son égoïsme,
des réminiscences amères émergent,
ravivent une haine ancienne :
son dédain de me savoir édité,
sa jalousie quand j'écrivais des scénarios.

« *Elle est le lieu au seuil*
de quoi le silence commence »

Cette affaire familiale
m'a éloigné du temps,
ou plutôt m'a… plongé *dedans*,
dans le magma délavé de ma mémoire.
Fragments, bribes, miettes,
d'images, de visions, d'émotions,
où tout se mêle : présent passé futur.

Je pense : « Rien ne distingue les souvenirs des autres moments : ce n'est que plus tard qu'ils se font reconnaître, à leurs cicatrices. »

Cette histoire m'a mis en marge de mon existence aussi,
du monde, de son fatras,
mais c'est peut-être
l'effet de la forêt, où je suis de plus en plus souvent.
En marge du temps, les Landes
me déconnectent.

« *Leur enfer est d'une autre sorte* »

*

À Paris, Kim prépare des soba aux oursins, recette YouTube d'une influenceuse coréenne, star des invertébrés en son pays. Installé sur le sofa qui a encore changé de place, je lis *Le nom du monde est forêt.*

Mon frère a trouvé le nom de sa maladie :
le complexe du Malabar.

je viens de me rappeler
j'avais 8 ans ou 9
Papa garé en double file
m a demandé de choper le journal
avec un billet et je sais pas
ce qui s'est passé juste j'ai été
impressionné par le buraliste
je suis revenu dans la
BM sans journal mais
avec plein de malabars
comme si tout s était
transformé en malabars
Papa était hors de lui
frouge de rage
il a démarré en trombe
en brûlant tous les feux
de peur et pour régler le problème
une fois à Origne je suis allé
chercher tout mon argent de poche
les dollars gagnés
grâce aux trous de taupe
et je lui ai tout filé
pour arrêter la colère être quitte
ça m'a totalement
abattu cet épisode

PH me dit qu'il y a la façade et la réalité,
il me parle d'invasion maligne,

il me répète qu'il était dans la nasse,
anesthésié par la mort de maman,
il me parle de dollars et d'abattement,
de machine et de cerveau,
de nasse et de Malabar,
de colère et de trous de taupes.

Je songe à ces mammifères,
à leurs galeries labyrinthiques,
à l'image de mes souvenirs,
dont la vue dégénère.

Pour tuer les taupes, je me souviens de la méthode,
il faut les noyer ou glisser
du fil de fer barbelé dans leurs terriers,
comme mon frère le faisait moyennant quelques dollars
ramenés des US par le paternel.

Je pense : « Nul opium ne peut calmer
la dent qui ronge l'âme. »

PH m'envoie des messages,
auxquels je ne ne réponds pas.

> Lady Rose ?
> pourquoi tu m
> réponds pas ?

Dans le RER, où je relis pour la énième fois *Alice au pays des merveilles* à la recherche de je ne sais quoi

– le *vrai* nom de son mal ?
des indices mais lesquels ? –,
je traverse la banlieue
désossée de Paris,
quelqu'un fanfaronne :
— Je l'ai dosée, la daronne, c'est bon.
Poétique du RER.
La ligne D qui va de Creil à Melun
a un hoquet
devant des carcasses de voitures empilées
– c'est une casse automobile, pas encore la fin du monde –,
redémarre puis s'arrête entre
une barre HLM et un terrain vague.
On est à Grigny.
Contemplant la géométrie dévastée des lieux, des lignes,
je me demande
pourquoi la poésie déchirante de la zone
me fascine, m'interpelle à ce point.
Pourquoi ai-je toujours été aimanté par les non-lieux,
comme réservoirs de fictions possibles,
terrain d'exploration littéraire ?
Le regard suspendu sur un pylône, cette question
(pourquoi le désaffecté m'attire ?)
rebondit sur une autre :
est-ce que mon frère est un non-lieu ?

Est-ce que mon frère est un terrain vague ?
Vague et mouvant.
Quel miroir a-t-il traversé ?

Je lâche *Alice* puis lis dans la presse une interview de Philippe Manœuvre : « *Les années 1980 se sont déroulées dans un blizzard de cocaïne.* » Et c'est comme si moi aussi, bizarrement, j'étais dans un blizzard.

Lady Rose ?
tu es là ?

Non, je ne sais où je suis.
En plein blizzard et sans cocaïne ?

Dans la maison paternelle,
l'huissier rétro a pris ses quartiers, ses habitudes,
il repart aujourd'hui avec un tableau sous le bras :
Saint Pierre et les clefs du Paradis,
un faux Zurbarán qu'il croit vrai
le faux d'un tableau qui n'existe pas,
refourgué à mon père par un charlatan chineur.

Où que je sois, je ne sens que le froid.
Labrit, Paris, Angoulême :
triptyque de ma glaciation,
dans les trains, je perds le nord,
mes pensées, la boussole.

Paname, Xe arrondissement, Benjamin cuisine un poulet qu'il dévore, entièrement, à lui tout seul. Il oublie de partager, de nous en laisser. Il s'en rend compte, s'excuse :

— J'adore le poulet. Ça me rend fou le poulet.

Philippe Katerine également. On écoute *Poulet Numéro 728 120.* Puis il se confie, avoue être en pleine crise existentielle :

— En ce moment, j'ai la sexualité d'un frigidaire ménopausé.

Kim suce les os du poulet gisant dans l'assiette de mon ami.

— Je peux te donner le numéro de ma chamane hérotiiic. C'est la soldate de ta psollution paaasteur.

Que veut dire Kim ? Que toute absolution est pollution ?

« Si le monde n'a absolument aucun sens,
qui nous empêche d'en inventer un ? »

Soo-il redébarque en France, avec l'intention de plancher sur la deuxième version du scénario de son prochain film : l'écho déformé de sa vie. En bossant avec moi, il révèle qu'un jour, un étudiant lui avait demandé ce qu'il avait appris pendant ses études de cinéma en France, il avait répondu : « la soulitude ».

Je suis tel un plongeur qui remonte par paliers.
Je crois remonter,
en vérité je descends.
Je descends au fond du gouffre.
Je crois être sur un fil mais le fil est coupé.
Je tombe en fait. Chute molle, au ralenti.
Au fond du gouffre : la grâce ?

Quelques phrases tournent en rond dans ma tête.
Quelques bouts de poèmes m'arrachent à ma torpeur.
Cet œil dans lequel je suis
et qui me rend aveugle.

vous êtes en dehors de la réalité

Non, je suis en dessous. Je surfe sous la vague.

Rue de Belleville : dans un bar à vin avec Soo-il,
vite ivre, je me bagarre avec Kim,
j'ai envie d'en découdre,
découdre ce fil qui m'enserre,
je prétends que je suis une lesbienne machiste,
que j'aimerais bien coucher avec sa cousine.
Je cherche la petite bête.
Offusquée, elle me frappe
avec la brochure d'un vigneron bio du Languedoc,
qui traînait par là.
C'est la douce comédie de notre couple ou
l'effet dévastateur du vin naturel.
Fatigué de nous voir nous chamailler,
Soo-il se met à hurler :
— Votre couple m'épuise. Vous m'épuisez ! Vous êtes un couple dégueulasse ! Pourquoi vous vous battez toujours ?
Kim (ivre) : C'est luiii le prooobléme !
Moi (ivre) : C'est moi le faux blême.
Soo-il braille :
— Merde, vous donnez un spectacle, c'est ça ? Vous êtes un COUPLE MERDE !

Les conversations s'arrêtent,
le patron du bar vient me demander de calmer mon mari.
Soo-il a cessé de hurler, contemple la salle
se croit dans une arène,
rajuste son écharpe, et dans un geste théâtral,
chevaleresque, se lève et se casse.
Le brouhaha reprend.
Kim décampe à son tour en m'insultant,
me traitant de poulet mouillé
et de hippie-cochon
(les plus graves insultes de la Corée du Sud).
Je pars sur leur trace
en oubliant de payer.
Plus tard, dans la soirée, Soo-il questionnera Kim :
— Les gens m'ont applaudi, hein, dans le bar, non ? Quand j'ai crié que vous étiez un couple merde.
Je me demande :
la solitude est-elle soluble dans le chaos ?

Au fond d'un placard, à Labrit, une caisse d'archives,
à l'intérieur, les photocopies d'un livre, *Histoire de la psychose*,
ma mère qui souligne :

La psychose se traduit par des contours incertains
de la personnalité, voire une incertitude pour
délimiter son corps physiquement.

Je pense :
« La maladie de mon frère a plusieurs noms,
et en même temps, elle n'en a aucun. »

Son obsession :
c'était de tourner en rond.
Circuit, karting, Formule 1, voitures de course, trains miniatures.
Établir des records. Battre le temps.

Lady rose ?
tu es là ??

Non.

« Je suis un automate
qui marche »

Octobre est un
cloud d'impressions
diverses, flottantes.

Je pense :
« La langue est un épouvantail.
Nommer le mal, c'est enfermer le réel. »

Le père a perdu
le goût de la parole,
pire : celui des livres,
il ne lit plus,

pas même *Auto Plus*, *Science & Vie* ou *Le Canard enchaîné*,
qu'il réclamait sans cesse.
Retour aux racines, aux Landes,
je retrouve la porte de sa maison grande ouverte.
Rien n'a été volé. Pas d'effraction.
Si ce n'est dans mon cerveau.

Des hélicoptères sillonnent le ciel, au-dessus de la forêt,
transpercent le silence,
des battues ont lieu,
toujours à la recherche de Laura Fay.

J'envisage d'aller en Corée pour souffler,
prendre le large, être loin,
aux antipodes.

Il bruine. Une Peugeot 404 décapotable déboule, se gare en dérapant devant les granges. À nouveau : l'huissier. Il fait partie de la famille maintenant. Tout est rétro chez lui, je me dis (sa moustache, ses lunettes, ses fringues, sa caisse, ses Sebago en croco), comme s'il sortait des Années folles. Aujourd'hui : aucun avis de saisie. Il croit me rassurer : je n'ai pas devant moi l'officier de la République française, juste un simple civil. Le mot « civil » me donne la chair de poule. Que veut-il ? Il a une faveur à me demander, ne sait comment la formuler, hésite, enfin, se lance : est-ce que le mannequin est à vendre ? Je sursaute. Cette requête baroque me déconcerte. Peut-être est-il tombé amoureux ? Je reprends consistance, m'interroge : est-ce bien moral de vendre ma belle-mère, même si elle est de cire ? Je tranche, refuse (poliment). Il part, mine défaite, déconfit.

Ma mère me laisse à nouveau un message à travers le temps. Dans les combles que je fouille (à la recherche de mon enfance), je tombe sur ses notes des années 1980. À côté du mot « *anosognosie* », au milieu de carcasses de phrases,

trouble de la reconnaissance de soi,
perte de contact avec la réalité,
n'ayant pas conscience de sa condition,
d'un schéma indéchiffrable cerné de flèches,
l'étymologie de « schizophrénie » est entourée en vert fluorescent :

Le terme de « schizophrénie » provient du grec
« σχίζειν » (schizein), signifiant fractionnement,
et « φρήν » (phrèn), désignant l'esprit.

L'esprit fragmenté de PH
comme après
une déflagration.
Et c'est bizarre comme
tout se fragmente autour de moi,
à commencer par
ma façon de penser, de marcher, de baiser.

Un flash :
PH, bien avant d'aller en cage,
me narre une scène de ménage,
qu'il a eue avec sa compagne.

Nina le menaçait :
— Arrête Henri, si tu continues à être méchant, je vais t'appeler Pierre.
Docteur Pierre, Mister Henri.
Nina pensait qu'il avait deux visages distincts,
deux faces opposées, deux pôles antinomiques,
+ ou –, x ou y,
deux axes désaxés.
En me narrant ça, il se marrait,
sans le réaliser : le doigt posé sur son syndrome.
Docteur Kinder, Mister Craques.

En empruntant les routes landaises,
perçant la forêt de long en large,
je comprends
que ma mémoire s'est entourée au fil des ans
d'une carapace,
d'un exosquelette,
s'est recouverte d'un permafrost,
qui me protège
de mon passé,
de ma famille, tares parentales ou fraternelles,
je ne me souviens étrangement de rien,

« *Je ne sais où se sont brisés les fils*
qui me rattachent à mon enfance »

mon pays, c'est l'oubli,
ce qui me fonde, m'architecture,
ma structure, mon ossature :

c'est une herbe qui prospère sur les tombes.
Fabien plaisante, affirme que j'ai été violé, que je refoule ce viol,
évidemment il raconte n'importe quoi mais :
mon enfance est une chambre noire.
Parfois, une fumée,
un nuage de mots et d'images, des négatifs abîmés
me traversent, venus du fond des âges, de ma préhistoire.
La carapace qui se fissure.
Ma mémoire congelée
qui fond.
Aujourd'hui,
mes souvenirs sont des icebergs
qui dérivent
dans une mer virtuelle.
Ces fragments glacés se heurtent
à ce que je vois, ce que je fais,
je m'arrête dans la rue pour humer,
attraper ces bouts de passé,
miroirs brisés, reflets déformants,
à travers lesquels je m'observe.

Beaucoup d'invertébrés, comme les insectes, les crustacés,
les mollusques, la mémoire, possèdent un exosquelette.

Je me souviens
d'un débris de paradis qui prend l'eau :
ma mère pleure en nous tenant par la main sur le quai d'une gare.

Est-ce qu'elle avance vers les rails ?
L'image se brouille. Elle est trop lointaine, trop floue.
À cette sensation se superpose un son,
autre écho de ma mémoire désossée :
le moteur d'une Simca 2000, vert absinthe,
elle emprunte un long chemin de graviers,
qui troue des bois de pins et mène à notre maison, Les Ménines. Tandis que la voiture roule,
dernier virage, j'ouvre la porte et je saute.
J'ondule en boule. Je finis dans le fossé.
Je fais ça sans arrêt. Sans prévenir.
J'ai sept ans, neuf ans, onze ans.
D'une voiture, d'un cheval, d'un toboggan,
du haut d'un escalier abrupt,
alors qu'en bas passent ma mère ou mon père,
je saute. Ils me rattrapent in extremis.
Tête à l'endroit, tête à l'envers. Je saute.
Provoquant rires et stupeur de ma famille.
J'apprivoise les précipices.
Je saute.
Alors qu'un train arrive, fonce,
ma mère pleure en nous tenant par la main
sur le quai d'une gare.
Je sens le gouffre, béant en elle, qui l'appelle.
Je saute.
Je saute au-dessus de ma famille qui déraille.
Et je sens, également, tout en parlant à mes étudiants d'Évry,
que je suis dans cet œil,

que j'évoque depuis le début des cours,
et que cet œil, c'est
celui du cyclone à venir.

tu es là ??

Non je ne suis pas là,
je suis parti,
j'ai décidé de fuir,
deux semaines à Busan,
loin de la France,
loin de toi.

Lady Rose ???

Avant la tempête : le Pays du Matin calme.

Invité par la mère de Kim à assister au mariage de son cousin, qui a lieu dans un *hall center* – savourer : l'hystérie des *hall centers* en Asie –, je passe mes journées dans les quartiers de Beomnaegol et du port de Busan, à tester tous les cafés au lait frappés de la ville. Le Compose Coffee, dans un quartier relégué, au croisement de deux rues, à côté d'un marché aux fleurs, finit par devenir mon repaire, l'antre de mon ataraxie, un satellite de ma galaxie. Je m'y rends quotidiennement, contemplant ou notant ce qui s'y déroule, lézardant ou flânant dans mes non-pensées, parfois fignolant, avec Soo-il, les scènes de son prochain film qu'il veut appeler, par ironie ou désespoir, *Last Movie*. Tous les jours, à une heure identique, devant un pylône, un ouvrier, baissant son masque, fume une cigarette, en m'observant.

Dans cette ville,
je retrouve
le goût de la nostalgie, son odeur
– j'y vivais, il y a deux ans –,
je cours les mêmes rues,
les mêmes quartiers :
le port, l'université, les ponts,
la zone russe, le marché aux poissons, celui de Dongnae.
Soo-il m'offre
des soirées déstructurées
que je passe à m'enivrer,
avec Kim, avec lui,
dans des bars underground improbables,
situés dans les sous-sols acidulés de la ville :
son scénario avance de manière souterraine,
en écoutant Shakira, *Whenever, Wherever*,
sa nouvelle passion, notre source de discorde.
La chamane qu'on croise
a besoin de boire, elle aussi,
d'oublier son avenir. Celui des autres.
Elle vient de se faire larguer par son petit ami,
qui ne la trouvait pas assez
féminine, féline, fécondable.
— Le connaaard !
La chamane prétend qu'elle
est née dans le mauvais corps,
qu'elle s'est toujours sentie âme.

Ni homme, ni femme.
Chamane, elle incarne les autres,
n'a ni chair, ni veine,
est le réceptacle d'autres récits que le sien.
Ce ministère lui pèse. Mais qu'y peut-elle ?
Elle est au fond du trou.
Sa vie est une impasse,
se plaint-elle. Un cul-de-sac
qu'on noie dans le spleen et le Soju,
ensemble, avec Kim, en devisant sur
l'inutilité des genres.
Comment changer de corps
quand on n'a pas de chair ?

tu es où ??!!!??

À Busan.
En face de Fukuoka.
Enfin, non, dans l'avion.
Je suis dans l'avion.
Au-dessus des nuages,
de l'ardente écume des nuées,
des soleils couchants.
Loin désormais de la mer du Japon.
Je reviens.

Et dans l'avion, au-dessus de la Sibérie, je finis de lire *L'adversaire*. Je pense : « Heureusement que tu as été arrêté, PH, sinon tu aurais pu finir peut-être, tel Jean-Claude Romand, par tuer tout le monde. »

« Cette idée est apparue… mais
elle était aussitôt masquée
par d'autres faux projets,
d'autres fausses idées.
C'était comme si
elle n'existait pas. »

Est-ce que mon frère est son propre adversaire ?

tu es là ?

Je ne sais pas,
où je suis ?
Arrimé dans les Landes.
Avec Kim enroulée autour de ma jambe,
près de la cheminée,
je prie pour que la prison signe
la ruine de tes mirages.
On écoute The Socks in the Fridge,
un groupe coréen, en boucle,
Grimace, An End of Itself,
puis le groupe Bagarre :
La bête voit rouge.
On se lève, on danse imperceptiblement,
dégingandés, hors-sol.

Après trois semaines de silence, finalement, je reprends contact avec toi. Tu m'annonces que tu as obtenu ton diplôme en pâtisserie, je te félicite, la cuisine est le lien que tu recrées avec notre mère. J'en informe Benjamin. Il joue le jaloux :

— Ah ouais ? On peut avoir un diplôme en trois mois en prison ?

Mon oncle me prévient que la santé du paternel s'est encore dégradée. Il circule de service en service, l'Hôpital ne semble plus savoir quoi en faire.

Le président du syndic, lui, se radicalise, poursuit sa guerre sans merci contre tous les abus. Aujourd'hui, il s'attaque à une exaction de la piétaille :

Un abus du portail véhicule se fait jour chez les personnes
piétonnes se croyant autorisées à utiliser impunément
le PORTAIL VÉHICULE *strictement réservé aux*
automobilistes. Cet usage irresponsable mobilise des moyens
cruellement fragiles (une vieille porte motorisée).
Le président du syndic ne souhaite pas avoir à utiliser,
contre les récalcitrants, des moyens plus contraignants
pour faire respecter la loi de l'immeuble.

Des moyens plus contraignants ?

Sur les routes landaises,
je comprends que ma mémoire devient un magma.

les violeurs fument boivent du café
ils vont chez le psy de la
taule par stratégie pour obtenir
des remises de peine
ils ne reconnaissant aucun fait
ils les modifient

Novembre

Le père est au service « Infectiologie »,
la bactérie
Clostridium PCR-ribotype 027
résiste,

c'est irréel

les médecins sont désemparés,
se demandent comment l'éradiquer,
elle disparaît : Alain est transféré au service Néphrologie,
elle réapparaît : Alain retourne au service Infectiologie,
les services se renvoient la balle,
derrière ça, il y a sans doute une bataille
(de statistiques, de médecins, d'ego),
je devine qu'aucun chef ne veut le voir mourir dans son service. Ping-pong macabre.

je suis en prison
ça me paraît tellement irréel

Ça fait deux semaines que je n'ai pas rendu visite à mon paternel,
je reprends pied avec la situation de manière brutale :
il a maigri,
ne mange plus,
ne boit plus,
arrive à peine à articuler quelques mots,
et lorsqu'il y arrive, c'est à voix basse.
Il parvient à chuchoter qu'on lui a envoyé une psy.
Je souris. L'hôpital envoie une psy à un psy.
C'est dire combien ils sont désemparés.
— Une psy ? Pour quoi faire ?
— M'a demandé si j'étais suicidaire.
— Suicidaire ?! Et tu as répondu quoi ?
Il hausse les épaules.
— Une jeune. L'ai renvoyée à ses études.
— Tant qu'ils y étaient, ils n'avaient qu'à t'envoyer un prêtre.

Il sourit faiblement. La nuit est tombée. Je contemple le parking, les réverbères, leurs halos brouillés par la pluie. Je regrette ma phrase. J'éteins les lumières. Je m'assois à ses côtés, lui prends la main, il la serre et je pleure.

Je ne sais ce que je comprends,
peut-être qu'il a abandonné la partie,
lâché l'affaire, plié bagages.
Je ravale mes larmes,
murmure doucement :
— Tu sais que tout est encore possible, tu sais que…

Je n'arrive pas à finir ma phrase,
je ne réussis pas à prononcer :

tu es là ?

Le bruit d'un écoulement.
Le sol gelé de mes larmes.
Le squelette rouillé de ma famille.

Petula ?

Mon frère m'a trouvé un nouveau nom de code : Petula,
le pseudo de notre poney à Origne.
Toujours, cette impression de cycle,
de boucle, d'énigme autour de PH.
Je réagis à son « Petula » :
je suis avec pap',
je ne peux pas parler,
je suis trop ému,
mon
cœur est un
étang séché,
un hiver :
immobile.

« Il passe parfois dans les rues éteintes,
un fantôme lourd de plaintes »

Je quitte l'hôpital,
reprends la voiture, bouleversé,

il est tard,
plus de 2 h du matin,
l'heure où les bêtes,
libérées des hommes,
sortent,
se tapissent dans les fossés,
les fourrés, surgissent devant les phares.

Je traverse des Landes éthérées.
Je n'y vois rien, il pleut et
je pleure durant tout le trajet
et je ne sais pourquoi,
je pleure peut-être
la mort avant l'heure.

Arrivé à Labrit, au stop central du village, à deux doigts de le griller, au dernier moment, j'aperçois des lumières de gyrophares. C'est une ambulance. Une apparition. Un message ? Je pile in extremis. Elle fait une embardée, m'évite de peu. Arrêté au milieu de la route, je la vois filer, disparaître dans un virage.

Les gyrophares dans la nuit, leur reflet sur les murs.
Sur les murs : mes souvenirs figés.

Je m'engouffre dans le chemin de Pébidaou, puis dans la propriété familiale. Le lapin est là. Il me dévisage. Il m'attendait. Moi aussi. Je sors une carotte de la boîte à gants
(qui est devenue son garde-manger,
potager, dépôt de légumes :

j'ai pris l'habitude de nourrir l'animal),
je la jette, sans le faire exprès, sur sa tête. Il détale.
C'est la dernière fois que je le verrai.

Kim, elle, est à Paris, elle réagence l'appartement. Les quatre piliers de la destinée sont formels : le lit doit être désormais dans le salon pour calmer les esprits qui sont partout électrons, assure la chamane.

Mardi
mon oncle m'avise
une opération de la dernière chance
est programmée en urgence
elle consiste à poser une sonde
dans l'estomac de mon père pour le nourrir de force

Mercredi
mon père est conscient

Jeudi
il est en salle de réanimation

Vendredi
Je me précipite à Angoulême
alerter PH.

— Pap' peut partir, demain, dans une semaine, dans un mois, il faut s'attendre à tout, se préparer à tout.

— Alex, tu paniques.

— Non, Pierre, je gère.

Ses pupilles bougent dans tous les sens.

Je sors de la maison d'arrêt
pour filer à la gare.
Après avoir hésité,
Kim a décidé de sauter
dans le premier train
direction Bordeaux.
Je la retrouve dans le wagon-bar,
où elle se love contre moi.

Samedi
Entouré de machines et de tuyaux,
qui le dialysent, le nourrissent,
mesurent sa tension, sa température,
le rythme de son cœur
– quoi d'autre encore ? –,
cerné d'écrans de contrôle
émettant d'innombrables bips,
mon père nous regarde enfiler, à travers la porte vitrée, nos combinaisons de cosmonautes jaunes (pour éviter qu'il ne nous contamine). Sa vie ne tient qu'à un fil, ou plutôt à plusieurs, son destin tremble entre leurs mains. Avec l'interdiction formelle de le toucher, de l'approcher, nous pénétrons dans la pièce. Pour masquer mon émotion, je commence par un trait d'esprit désespéré :

— Ouah, tous ces écrans, pap', on dirait le cockpit d'un astronef. Tu vas où ?

(In petto, je me sermonne : mauvaise blague, si ça se trouve, il va vraiment décoller.)

Kim surenchérit :

— Vous allez au Jaaapon, monsieur Aaaalain ? Sur Maaars ?

Il esquisse un sourire. Elle s'assoit à sa gauche. Je reste debout au seuil de la porte, lui annonce que PH a eu son diplôme de pâtisserie.

— Tu vois, ton fils chéri, il lui aura fallu attendre d'être en prison pour décrocher son premier diplôme, il aurait dû y aller avant !

Il salue, chuchotant, à peine audible, le courage de son aîné vu la situation, pose quelques questions sur l'examen, le déroulement de l'épreuve, la durée, les mets préparés. Je lui réponds. Kim ôte ses gants de cosmonaute, lui prend la main.

Sur les écrans derrière lui,
que je scrute du coin de l'œil,
une alerte silencieuse,
le mot ARYTHMIE qui clignote,
disparaît.
Un soupir. ARYTHMIE.
Un éclat de voix dans le couloir. ARYTHMIE.

Le bruit d'une porte qui grince, ARYTHMIE, d'un chariot qui roule.

Puis,
mon paternel murmure qu'
il était dans le coma tout à l'heure.
Je le fais répéter :

— Tu veux dire que tu étais dans le coaltar, pas dans le coma, pap' ?

— Non.

Je passe à autre chose sans approfondir,
cause de tout et de rien, de manière légère,
pour combler mon angoisse,
le vide, par le verbe.
Nouveau silence :
que je laisse flotter,
pour reprendre ma respiration.
Alain, soudain, souffle :
— Le temps est différent ici.
Je le dévisage, perplexe.
— Qu'est-ce que tu veux dire ?
Il hausse les épaules. Se borne à répéter :
— Le temps est différent ici.
Je me demande : c'est où pour lui « ici » ?
Il parle de quoi ? D'où ?
De la chambre ?
De son coma ? Il y erre toujours ?
Dans quel dédale est-il ?
C'est une phrase singulière, hors sujet,
qui resurgira plus tard en moi.
Alors que nous partons,
il nous commande, pour le lendemain,
Sciences & Vie, *Auto Plus*
et étrangement : un œuf dur.
Est-ce l'appétit qui revient ?
Un message subliminal ?
Comment faire le vide par le verbe ?

*

De retour à Labrit, buvant un Château Gros Caillou, saint-julien, 1988, avec Kim et Sébastien (je continue de vider consciencieusement la cave paternelle), on écoute de la pop, on boit, on chante, je danse sur *La bête voit rouge* de Bagarre, les paroles de ce morceau sont des
incantations, que je répète à l'infini :
« *Je ne sais pas où elle habite,*
mais je sais où est la bête. »
Je rentre en
transe.
Comme si
la soirée était une cérémonie,
avant l'heure.
Et c'est ce que je psalmodie, je crois :
la messe est dite.
Mais je ne sais pas où est la bête.

Je ne parviens pas à m'endormir avant 6 h du matin. Mon sommeil est agité. Mes rêves : laiteux. Et lorsque je me réveille à 10 h : j'ai
neuf appels en absence.
Je percute, téléphone à
mon oncle,
il m'annonce :
mon père est mort à l'aube,
emporté par
une crise cardiaque.
Je raccroche, sonné.

Impossible de réfréner mes larmes.
Kim se réveille, comprend, me prend dans ses bras.
Je me promène dans la maison,
dans la propriété,
sous les chênes,
dans les granges,
près du puits,
il fait beau,
étrangement moite,
je feuillette des livres dans la bibliothèque,
je prends mon temps,
je respire l'absence du père.

*

Au bout du fil, Paulette, son éternelle ex, m'ordonne de rappliquer « fissa » à l'hôpital, parle de papiers à remplir, de corps à réfrigérer, de décisions à prendre. Je l'envoie balader. Je l'emmerde, avec ses considérations terrestres, matérielles, temporelles. J'ai envie de tout sauf de me presser. Dans la forêt : je respire la présence de mon père.

*

Il est 15 h lorsque je gare la Clio kaki devant l'hôpital. Au milieu du parking sans âme du CHU, je ne sais pourquoi, je consulte instinctivement mon fil d'actualités Facebook. Je viens juste de créer un profil, mon avatar virtuel. Un ami de PH, Michael, disciple du professeur, a posté sur son mur :

Mon mentor, Alain, est mort.

Médusé, je lui demande de retirer le post, d'attendre que « la famille » (moi quoi) fasse l'annonce. Il répond :

> oui bien sûr désolé

Comment peut-il être déjà au courant de son décès ?

Trois minutes plus tard, tandis que je traverse les couloirs de l'hôpital, il renvoie un message :

> pour le deuil, je peux t'aider
> si tu veux, Alexandre,
> je suis hypnothérapeute

Sa proposition : indécente, candide, magnifique. Le deuil par hypnothérapie !

*

Sur la toile,
c'est une litanie de pleurs virtuels
qui s'abat en temps réel.
Il n'est pas le seul
à poster : « Mon mentor est mort. »

Sylvie, maîtresse en disgrâce de mon père, fait de même. Un ancien étudiant, parvenu au sommet (des VRP) grâce au professeur, like, twitte : « Je n'aurai de cesse de diffuser ses pensées humanistes. » Ses aficionados se réveillent, s'animent sur sa dépouille.

*

Au CHU, mon oncle nous escorte
jusqu'au seuil du mort, de sa chambre.
Dans ces couloirs interminables,
j'avance mais je suis figé,
je me répète :
« ne pas pleurer »,
un mantra pour ne pas sombrer,
il est là,
blanc,
paisible,
un sourire, peut-être, au coin des lèvres,
entouré de machines,
désormais inutiles et silencieuses,
et je lui parle,
je parle au cadavre,
à son miroir éteint,
et je pleure,
je lui parle mais je suis figé,
ma langue aussi est un cadavre, un voile,
je pense : « Le monde muet est notre seule patrie »,
un mantra pour ne plus pleurer,
je lui souhaite je ne sais quoi,
un bon voyage je crois :
— Finalement tu as décollé ?
Kim se met à lui causer en coréen,
une infirmière me parle,

et dans ce concert incohérent de langues
qui s'entremêlent, s'entrechoquent,
j'ai une impression étrange :
je le sens au-dessus de nous,
nous observant narquois,
ne comprenant pas ce que je fais là,
pourquoi il se voit, pourquoi je pleure,
pourquoi Kim pleure, lui prend la main,
c'est un rêve que j'ai déjà fait,
puis sa phrase revient
– et toute phrase est
boomerang ou comète –,
se plante dans mon esprit,
me scalpe :
« le temps est différent ici »,
où était mon père quand il a dit ça ?
Je ressens que
c'est le *même temps* pour lui,
aujourd'hui, hier, demain.
J'ai la vision d'un temps étale,
statique et monumental,
où l'on peut voir, sentir, vivre, simultanément
toutes les poches, toutes les strates :
présent passé futur,
superposés, déroulés, mêlés.

Le deuil est un état second.

Comment prévenir PH ?
Je lui écris un courrier : court, sec.

FAUDRA ÊTRE FORT
PAPA EST MORT

Pourquoi j'utilise les lettres capitales italiques ?
Je me métamorphose ?

Kim plus tard soutiendra :
— En réel, ta mèèère attendait ton pèèère.
— Tu parles du lapin disparu ? Toi aussi, tu penses que ce lapin, c'était ma mère réincarnée ?
— Naaan, le rêve, cet été, que Kyungmi a fait…
En Corée, les fantômes, souvent, attendent les vivants.

*

Le soir, à Labrit, avec Sébastien et Kim, en écoutant une vieille chanson coréenne, je bois, je danse. Je danse sur le volcan éteint de ma famille.

*

J'imagine des funérailles absurdes : y amener la mannequin fétiche de mon père, faire un discours ubuesque en présence de toutes ses ex :
— Finalement, la seule personne ayant supporté et compris mon père, c'est elle (*mon doigt pointé vers le mannequin*

en bas résille roses posé sur le cercueil), pas vous ses étudiants, pas vous ses amantes, mais bien ELLE, insubmersible, superbe, imperturbable, son seul amour, impassible devant l'éternel, et je souhaitais, aujourd'hui, lui rendre hommage, d'ailleurs je lui cède la parole.

*

la veille des funérailles

Isabelle, amante n° 3 du professeur, m'appelle pour annoncer, trémolos dans la voix, qu'elle ne pourra se rendre aux obsèques :

— C'est trop douloureux, je ne peux pas, vous lui direz que je l'aime (*sanglot*) pour l'éternité.

À peine le temps de penser « mais il est mort », qu'elle raccroche en larmes, submergée par la douleur. Je suis projeté dans un autre univers, où les gens me demandent de murmurer à l'oreille des morts.

*

le jour des funérailles

L'A63 est déserte,

vague sentiment de déjà-vu,

il n'y a aucune voiture sur l'autoroute menant à Bordeaux,

ni dans un sens ni dans l'autre,

ce n'est pas normal,

je murmure inquiet à Kim :

— On dirait la fin du monde,
mais y a un truc qui cloche.
Something is wrong
about this end of the world.
Soudain apparaît
une file impressionnante de 35-tonnes
stationnés sur le bas-côté,
je ralentis, les dépasse,
puis rapidement, je ne peux plus avancer.
Embouteillage monstre.
Brusquement,
je me reconnecte au contexte :
le mouvement des gilets jaunes secoue la France,
de nombreux axes routiers sont bloqués,
l'A63 doit en faire partie.
À l'arrêt depuis quinze minutes,
imaginant rater les funérailles du paternel,
je trouve ça beau et déchirant.
Finalement les policiers
font évacuer les voitures
par un chemin de traverse
via la forêt,
sous un soleil de plomb.
Nous arrivons au funérarium
pile à l'heure.

Alexandra m'accueille en pleurs : Peter ne peut pas venir, il est coincé à cause des gilets jaunes, c'est un véritable siège à Angoulême : la RN10 est coupée, les ronds-points sont occupés, les flics pris pour cible, c'est la guerre là-bas. Je lui demande si c'est une blague, elle répond « non, une révolution », s'effondre dans mes bras et, dans un hoquet, fulmine :

— Ils auraient quand même pu l'amener en hélico.

Affréter un hélicoptère pour PH ?

Je la dévisage, effaré.

Comment tenir debout quand tous délirent ?

Je vais déposer trois roses,
le magazine *Science & Vie*, *Auto Plus*,
et un œuf dur, bio,
dans le cercueil de mon père.

Un fonctionnaire, qui veille au grain administratif, m'aborde :

— Il y a un problème avec la date de naissance de votre père.

— Hein ? Mais… il est mort.

— Il y a un problème avec sa date de naissance, je vous dis, nasille l'agent, buté. Sur son acte de décès, la mairie s'est trompée, au lieu du 10 décembre 1941, elle a marqué 12 décembre.

— Et ?

— Eh bien, tant qu'ils n'ont pas rectifié, assène l'agent catastrophé, on ne peut pas fermer le cercueil, la crémation ne peut pas avoir lieu, on peut pas poser le dernier clou.

*

Finalement, la cérémonie a lieu dans la plus stricte intimité. Seule la famille (sœur et cousins d'Alain) est présente. Peu d'amis de mon côté, même le Landais, Sébastien, n'est pas venu, il a un contentieux avec la mort (sa mère travaillait dans un funérarium). Alexandra est flanquée de son beau-père qui n'arrête pas de caresser mon épaule avec sa main moite.

« S'installe le cercueil,
le mot éboulement »

Je ne fais aucun discours. Un CD de Miles Davis que pap' adorait passe en boucle. Kim rayonne, bavarde avec tout le monde. Trente minutes se consument ainsi. Puis le préposé à la salle vient me signifier d'un air contrit que le temps imparti est écoulé. La salle a été louée trente minutes : 1 000 € pour trente minutes ; la mort plus chère que la vie ; 2 000 € de l'heure ; même un footballeur ne gagne pas autant ; time is money, even after death. Le responsable du temps imparti hésite, il demande une faveur :

— Est-ce que… vous m'autorisez à dire un mot ou deux ?

Je sens derrière : sa frustration. J'ai commandé une prestation sobre, sans maître de cérémonie, ni cérémonie, ni discours : sans lui. Il prend mon froncement de sourcils pour un accord, s'empare du micro, il n'attendait que ça, c'est son moment de gloire :

— La vie est un long fleuve sinueux, et au bout duquel il y a une mer, euh… un terrain vague de cendres tièdes, je sais votre douleur, euh… je connais la douleur, Alain Labruffe n'est plus, vous l'avez accompagné jusqu'à ce temple, cette porte entre vie et poussière, néanmoins, il est temps de lui lâcher la main, le mort a besoin de vous, euh… il a besoin que vous lui lâchiez la main. Il faut savoir lâcher la main des défunts, pour le bien de tous, le sien, le vôtre.

C'est limite s'il ne nous demande pas de chanter un gospel. De frapper dans nos mains. *Oh Happy Day*. J'amorce un haussement de cils amusé. Fait-il le coup, la même oraison éculée chaque fois : le fleuve, la mer, la main des morts à lâcher ? Il conclut le moment : mine exagérément triste, main posée sur le cœur (entre costard et chemise). Il va peut-être entonner *La Marseillaise* ? Non, il soupire :

— Et maintenant c'est l'heure du départ, du long voyage vers la nuit.

Les applaudissements retentissent à travers la sono : c'est le concert live de Miles Davis qui s'achève. Le cercueil s'enfonce dans le four, porté par un tapis roulant. Étrange concordance des temps.

*

Lendemain,

maison des Landes,

Kim s'étire, me réveille, me pousse avec ses bras, ses pieds, et dit, en bâillant, étrangement sans accent :

— J'ai reçu un fax de ton père.

J'entrouvre un œil.

— Mmm… quoi ? Qu'est-ce que tu veux dire ? Un fax ?

Elle répète :

— J'ai reçu un faaax de ton père.

Sans me rendre compte de l'incongruité de ma réponse, vaseux, je rétorque :

— Mais y a pas de fax ici.

Elle se lève, ouvre la fenêtre, les volets, le soleil entre dans la chambre.

— Un message. Hier soir, je dormais à mi-moitié, j'étais bien, pas endormie encore, ni évanouillée à cause de la drogue, et j'ai senti un voile qui s'est posé lentement sur moi, puis il est reparti tel il était venu, et j'ai compris. C'était sans langue, sans chair, sans voix, ni visage. J'ai souri et j'ai dit : « Aaaah. D'aaaccord, monsieur Alain. »

— C'était quoi le message ?

— D'envoyer des floheurs. Des fleurs ? C'est ça ? Monsieur Alain m'a demandé d'envoyer des fleurs à son ex.

— Quelle ex ?

— Paulette.

— N'importe quoi ! Tu es sûre que c'était elle ?

— Oui !

Je glisse :

— Merde… Mais c'était pas un fax, tu vois.

Kim reformule :

— C'est un voile qui s'est posé sur moi, et puis après, y avait un message sans langue, ni son. Ça a coupé mon sleep.

J'interpelle le défunt, le réprimande :

— C'est un peu incestueux ça, pap'… Merde, pendant son sommeil, tu t'es posé sur ma femme.

— Un message sans langage, ni son, ni visage.

— Oui, c'est bon, j'ai compris.

Je réfléchis, étonné par mon acceptation de ce « phénomène », déçu, malgré tout, par ce message terre à terre venu d'outre-tombe.

*

Alors que je m'enfonce dans les bois pour m'y promener (les Landes en morphine), Benato Christian BossB m'envoie un message. C'est PH. Dans son chapeau : se niche une armoire à pseudos.

Il dit :

> J'ai tué papa
> Papa est mort
> Tout est fini maintenant.

Puis :

> Tout s'acharne contre moi.
> Je suis maudit et tout s'acharne.
> Je ne sens plus mes os, ni ma chair.

Il ne me contactera plus après ce message, jusqu'à sa remise en liberté.

*

À l'orée de la propriété, de la clôture, au milieu des pins, grands mâts qui tamisent la lumière, je découvre un immense trou, un bassin vide cerné de monticules de terre.

C'est la première fois que je le remarque. Aux alentours, des traces de pneus géants. Ici, il y a pas si longtemps, on a creusé. Mais quoi ?

*

Me revient, d'un autre temps, ce que disait Fabien lorsque nous étions ados :

— Ton frangin est une bombe à retardement.

Oui. D'accord. Mèche allumée à la mort de la mère. Mais c'est une bombe qui a fait long feu. Feu de tout bois. Étrange qu'elle ait explosé si tardivement.

*

Dans le RER D, au niveau du Bois de l'Épine, revenant d'Évry, je reçois un appel d'Alexandra. J'hésite, finalement réponds. Je ne sais pas trop de quoi on parle. À un moment, je mentionne la fin des funérailles, son beau-père tactile et grand prince proposant, main moite sur mon épaule, de m'aider financièrement.

— Il est aimable.

Je ne comprends pas le mot, son usage. Elle complète :

— Il joue son rôle.

Devant ma perplexité, elle balance qu'il l'a violée durant son adolescence. Sa mère a préféré protéger le monstre plutôt que soutenir sa fille. C'est pour ça que, désormais, « l'Hideux » s'efforce d'être « aimable avec ses semblables ». Je m'écrie :

— Nooon ?

Tous les passagers de la rame me zyeutent. Je chuchote :

— Tu sais, tu as le droit de porter plainte.

— Ben je veux pas détruire ma famille. Tu vois, j'avais écrit une lettre dénonçant l'Hideux, je l'ai donnée à ma mère, elle l'a gardée et l'a mise dans un coffre-fort.

Le paysage défile. Le secret scellé dans un coffre. Où est la réalité ? Où est la fiction ? Pourquoi mettrais-je en doute son récit ?

Elle ne m'appelait pas pour ça, elle voulait juste savoir si je comptais garder la mannequin, qui irait bien dans son salon.

*

Ma tante des États-Unis a tenté de me joindre. J'écoute son message sur le répondeur : « Alexandre, je sais que, mmm... Alain avait beaucoup souffert ces deux, trois dernières années. À cause de Pierre. Alain voulait sauver ton frère, il voulait tellement que Pierre soit normal, pourtant je lui avais dit je...(*friture*)... rappelle-moi. »

*

Sur le bureau du nouvel avocat, qui porte lui aussi presque le nom d'une planète, posé en évidence : le dossier de PHL, épais tel un dictionnaire, un abécédaire de l'absurde. La logique de ses choix échappe à maître Joupter.

Il épluche des documents. Soudain, un « aaaah ». Petit sifflement. Il note quelque chose.

— Il sait bien s'entourer Pierre-Henri.

— Ah pourquoi ?

— Il a fait des virements en Turquie, à un certain Ömer.

L'avocat m'apprend également que mon père a été suspecté. Au commencement des investigations, tout concordait : le cerveau ne pouvait être que le professeur.

La juge avait tout ce qu'il fallait
(suffisamment d'indices et de présomptions)
pour le mettre au frais, en taule,
mais elle avait rongé son frein,
l'avait juste mis sur écoute.
Aujourd'hui, elle culpabilise un peu,
se défend d'avoir été dans l'excès de zèle, l'abus de droit,
d'avoir contribué à la disparition de mon père.
Grâce à sa clémence,
il est mort en liberté.

HIVER

Et peut-être qu'il danse sur la cendre

1 maison, 9 pièces, 1 cave, des combles, 2 granges, 5 boxes, 1 cabanon, 437 mètres carrés, 1 083 mètres cubes : combien de temps faudra-t-il pour en venir à bout ? Et comment se débarrasser de tout ? Par le feu, je décrète.

Acculé, je dois vider la maison familiale, la vendre pour effacer les dettes de mon père. Solder le passé. Faire table rase. Son passif lui a survécu, poursuit ses enfants. Le patriarche est mort. Ses créanciers : bien vivants, démultipliés, sur mon dos depuis son décès.

Fin décembre, mes amis (Benjamin, Descubes, Sébastien, Fabien, Fanfan, The Dude, The Dudesse, Éric, Juliette) m'entourent et se succèdent pour m'aider, trier, vendre, donner, balancer.

Liquider sera le verbe de cet hiver lunaire.

*

Le professeur n'a jamais rien jeté de sa vie.

Si le chaos avait un domicile, une demeure, ou plutôt, s'il était un programme, un logiciel, un produit de consommation, sa propriété en serait la matrice, l'usine, la fabrique.

La maison et ses annexes regorgent de meubles, d'objets, de cartons et de paperasses, de bibelots et de camelote, jusqu'au plafond parfois. De la cave aux combles, des tiroirs aux placards, des armoires aux étagères, tout est rempli à ras bord. Amoché, mélangé, mal rangé. Je me mets en tête d'ordonner l'anarchie avant de tout faire valser.

Inventaire avant incendie.

Consciencieux, je commence le recensement, abandonne au bout de quelques jours, vite découragé par l'ampleur de la tâche. Greffier laxiste des troubles obsessionnels de mon père, je parviens à dénombrer :

- 33 montres hors d'usage,
- 45 ampoules grillées, 28 lampes halogènes,
- 58 magazines *Geo* rongés par les souris,
- 67 cutters rouillés,
- 89 piles usagées,
- 97 cartons de paperasse datés au stabilo, de 1960 à 2010 (archives administratives, personnelles, professionnelles),
- 123 vases ébréchés,
- 250 magazines *Auto Plus* étrangement préservés,
- 389 capuchons, orphelins de stylos,
- 3 000 livres, plus ou moins moisis (le toit familial fuyait les jours d'orage).

Disposés sur le sol, carte de son territoire disloqué, trésors de sa caverne, vestiges dérisoires de sa vie, je les contemple, comprends qu'ils résument sa démesure. J'autopsie l'esprit de mon père. J'autopsie son désordre. Son incapacité à jeter. Nostalgie ou mode de vie ? Superstition ? Pathologie ? Était-il atteint du syndrome de Diogène ?

En vidant la maison de mon père, c'est son cerveau que je démantèle.

*

Dehors entre les deux granges, en face de la piscine devenue cimetière de libellules et de feuilles mortes, j'allume un grand feu. Je le nourris quotidiennement d'une brouette ou deux. Chaque jour, sa peine.

Mon bûcher est structuré. Je crame chronologiquement : d'abord les cartons numérotés bourrés de dossiers. Épluchant les papiers avant de les jeter dans le brasier, je mets une semaine pour me débarrasser de la décennie 1970.

En brûlant tout, je remonte les années, je les recompose.

Dans la fumée : le temps retrouvé.

*

En vidant la propriété, je l'éventre aussi. En l'éventrant, j'évente les secrets : je découvre qu'elle est truffée de cachettes, de planques. Ce que je déniche alors, c'est le cinquième souffle, un peu plus doux, mais tout aussi fou, de la déflagration (le quatrième souffle a emporté mon père). Dernière liste avant liquidation, héritage saugrenu :

- au fin fond des combles, dans un sac plastique Intermarché : trois godemichés en PVC ou latex dont un entouré d'anneaux,

- en haut d'une étagère des W-C, un emballage de souricide ; dedans : une vingtaine de DVD pornographiques dont la moitié sur la bisexualité,
- derrière deux planches d'une grange : sept boîtes de cartouches,
- sur une poutre du cabanon : trois téléphones portables,
- sous un tapis : dix cartes bleues,
- au fond d'un tiroir fermé à clef : *Mein Kampf* + le manuscrit d'un roman sur Hitler ressuscité,
- à l'intérieur des livres du salon : douze lettres des amantes du professeur, florilège épistolaire de douze amours,
- entre les pages de *La philosophie dans le boudoir*, huit récépissés de virements vers le Maroc, un vers Alexandra,
- sous la moquette d'une chambre : un rapport d'expertise psychiatrique sur PH de 1999.

Et enfin :

- entre deux ouvrages de psychologie sociale, deux lettres datées de 2002 : une de mon frère réclamant un million de francs à son père pour ce qu'il avait subi par sa faute ; une du paternel lui répondant qu'il acceptait.

Dernières pièces d'un puzzle obscur. Derniers mystères du professeur. Le plus pimenté d'entre eux : mon père était-il bisexuel ? Bizarrement, il n'y a pas de cachette dans la cave. Pas de lingots d'or dans le potager. Quoi d'autre ? Un sentiment. Celui de ne pas encore avoir fait le tour du chaos.

*

Je saisis que chaque pièce, chaque recoin, comporte un secret ou porte une thématique : les cachettes sont thématisées ; chaque étagère de livres a par exemple fonction de cache spécifique (liée à l'argent, au sentiment, au fantasme, à la famille, aux passions inavouées). Je pige aussi que PH a hérité de la « maladie » paternelle (masquer, dissimuler), que ce mal étrange est peut-être contagieux, génétique : je dois en être le porteur malsain. Par précaution, j'avale une aspirine.

*

Dans le maelström de livres que je trie se trouvent aussitôt rebaptisés fers de lance de sa bibliothèque : *La technique sexuelle dans les rapports conjugaux* (1981) et *Le guide du divorce* (1982).

*

Au Cercle des Démocrates, Benjamin, arrivé le matin même, m'a délaissé au profit du cubi de Tursan proposé par les habitués, engagés dans une conversation animée sur Laura Fay, la femme disparue cet été à Labrit après son passage à l'Intermarché. On recherche toujours son corps dans le triangle landais des Bermudes : Labrit, Morcenx, Mont-de-Marsan. Hier, la battue n'a rien donné. Ça fait des mois que l'enquête piétine. Les hypothèses s'essoufflent. À l'étage, Kim offre une séance de chamanisme 2.0 à Sylvia, la Polonaise.

Seul au comptoir, j'envoie des SMS à ExoSkelet, à Schisme, à Xoni, à Benato Christian BossB, à PH :

Tu es là ?

Quarante-cinq jours depuis son dernier message.

Pourquoi tu
m réponds pas ?

Une éternité.

Ici Petula

Alexandra non plus n'a pas de nouvelles. PH fait l'autruche ? Qu'est-il devenu ? S'est-il évadé ?

*

Dans la nuit glaciale, au milieu de l'airial, le feu brûle depuis des jours maintenant.

J'ai craqué, j'y jette désormais tout ce que je trouve : vieux bouquins, vieux tapis, vieux meubles, magazines, étagères, vêtements, DVD… Aujourd'hui, j'y lance aussi VHS et diapositives. Je culpabilise un peu de me livrer à cette transe libératrice, plastique, écocide. Pas longtemps. Au diable mon bilan carbone.

Débarqué la veille, Descubes se débarrasse une à une des

cartouches de fusil de chasse, qui explosent au contact des flammes. Le pasteur, Benjamin, s'est égaré dans la cave, il y écluse les dernières bouteilles. Les détonations réveillent Kim qui nous rejoint, traite Descubes de « sick-copathe ». Elle met le contact de la Clio kaki garée à côté de nous. La musique à fond.

Les phares éclairent la forêt, ses ombres, ses feuillages,
un morceau de nuit noir olive,
Benjamin qui sort ébouriffé du cellier.
Encore le groupe Bagarre,
La bête voit rouge.
Notre hymne insubmersible.
En dansant avec Kim,
de manière désarticulée,
dehors, devant le brasier.
Je pense : « La bête, c'est le passé. »
Elle a déchiqueté ma famille.

*

Plus je démembre la maison, plus je me reconnecte à mon déni des Landes. Si je suis parti en Chine il y a vingt-cinq ans pour devenir l'expert du contrôle qualité, le don Quichotte du *made in China*, le sans-culotte des cotons-tiges, c'est pour fuir la forêt. Oublier mes racines. Si j'y repars bientôt, c'est pour m'enfuir à nouveau.

Mon cycle, c'est celui des fuites.

*

À Labrit, un poulet vole, balancé par Alexandra sur PH, qui l'évite de justesse. Alexandra est enceinte de leur première fille. Elle vient d'apprendre que Peter veut organiser son été sans elle, mais avec Mayuko, son ex, une Japonaise, fille d'un riche industriel, qu'il avait rencontrée aux États-Unis et dont il était tombé follement amoureux. Le poulet rôti s'écrase contre un mur. Les insultes giclent. Mes parents assistent, de loin et sans intervenir, à cette dispute conjugale. Peut-être se délectent-ils.

Mots acérés. Paroles qui dépassent la pensée ou la devancent. PH finit par virer Alexandra qui se retrouve seule, sur la route, dans la forêt, à 3 h du matin, après avoir appelé sa mère pour qu'elle vienne la chercher.

Les jours suivants, ma mère bloque les appels d'Alexandra, fait office de filtre, de régente. Elle joue la comédie de l'aristocratie landaise. Au bout du fil, de l'hystérie, des mots fusent, durs :

— Oubliez Pierre. Il ne veut plus vous revoir. En faisant cet enfant, vous avez mis la charrue avant les bœufs. Et vous m'avez fait honte. Vous n'êtes pas mariés. Vous n'avez pas fait ça dans les règles de l'art. Ne nous recontactez plus. De toutes les façons, un enfant n'a pas besoin de père.

C'est Alexandra qui me raconte cette histoire.
Le reflet du feu de cheminée, dans ses yeux.
Je crois voir une larme.
Elle poursuit.

Quelques mois plus tard, dans sa Fiat Panda des années 1990, ma mère aurait dit à Alexandra (les deux femmes réconciliées) :

— En plus d'être homosexuel, mon fils a beaucoup de problèmes. Pas seulement financiers. Il a des problèmes plus graves. Si vous restez avec lui, il faudra accepter d'être un homme.

Pour Alexandra, les fables sont-elles des oasis ?

Elle me demande si elle peut récupérer quelques bricoles en souvenir du professeur.

— Ce que tu veux, Alexandra, c'est open bar.

Elle embarque trois lampes halogènes, quelques chaises. Ses filles : une centaine de CD de musique classique.

*

Tout brûler ne suffit pas.

Au bout d'un mois, la maison n'est délestée que d'un tiers.

— Il faut avoir la foi pour faire le vide, soupire le pasteur, qui dépèce les quatre tomes de la liturgie des Heures (déterrés dans les combles) avant de les faire rôtir, page après page.

Que faire des bouteilles, des miroirs, des vases, du billard, de la vaisselle en argent, des assiettes accrochées au mur, des meubles en verre ou en marbre, alors que tout est abîmé ? Que faire de la BMW en rade ?

Persuadé que tout peut s'écouler, fin connaisseur du territoire mental local, Sébastien s'enregistre sur Leboncoin Landes. Craignant que gitans, Turcs ou Espagnols ne rôdent sur le web à l'affût du moindre Labruffe, je lui ai demandé de créer un avatar à son nom (invisibiliser le mien, ne pas exciter le charlatan). Mon ami achalande comme il peut. « Bon plan Vases », « Cutters : occasion en or à saisir », « BM mirifique » : il n'est pas avare en superlatifs pour encenser le toc. Perplexe devant ses slogans, ses techniques réchauffées (« 1 assiette mur paradisiaque achetée, 5 offertes »), je suis convaincu, de mon côté, que rien ne se vendra.

J'ai tort.

La maison familiale devient vite l'épicentre des excentriques, la plaque tournante des toqués de la région, fanatiques d'objets ébréchés et de meubles bancals. Je pensais mon père solitaire dans son délire d'objets borgnes. Non, il a des fidèles post-mortem. Ici, l'écorné semble être une religion.

*

Une vieille Citroën XM tractant une remorque à chevaux roule à fond la caisse dans le chemin de terre, déboule, se gare en dérapant devant le salon. C'est Hubert. Il vient récupérer le billard, seul. La soixantaine, cheveux blancs, hirsute, salopette jaune, Converse noires, il se dit coach « psychédé-chic », habite Sort-en-Chalosse. Il est monté sur ressort. Survitaminé, il sautille partout dans le salon, nous réclame un verre de lait. En le servant, le pasteur, pour une fois terre à terre, s'étonne : comment faire pour porter seul le billard, de retour à Sort.

— Facile.

Hubert explique qu'il est connecté à l'Éden : lui seul sur Terre peut l'invoquer. Il pointe l'index vers le ciel, place l'auriculaire sous le billard, ferme les yeux. Il entend nous prouver qu'il peut le soulever ainsi, armé de son petit doigt. The Dudesse & The Dude, venus nous prêter main-forte depuis la veille, sortent le nez de leurs bols de corn-flakes (petit déjeuner, déjeuner, dîner : ils ne mangent que ça), rappliquent pour assister au spectacle, qui vire à la débâcle. Le billard n'entre pas en lévitation. Hubert n'arrive à rien, même en se mettant sur la pointe des pieds. Il prétend que la connexion est mauvaise, mais qu'il peut lever les foules ou les faire taire (d'un doigt pointé vers le ciel). Il pose l'index sur le front de The Dudesse :

— Regardez, elle se tait !... Non, je blague. Mais je sens ses vibes.

Fin du show. Nous l'aidons à porter le billard dans le van à chevaux. Puis il part, tambour battant, avec sa Citroën XM et son Éden.

*

Les dingues volent toujours en escadrille.

*

Moitié cow-boy, moitié coléoptère, l'huissier fume un cigarillo au seuil de la maison. Il me fait penser à ma mère. Il écrase son mégot par terre, visite les lieux, il les viole même, satisfait de voir le roi nu, la maison familiale en train de se vider. C'est comme s'il était propriétaire de ce vide, l'avocat du néant, du nu à venir. Le vide : l'essence ultime de sa fonction. Sa fonction, c'est d'aspirer.

— Vous avez fait du beau travail, me félicite cet ayatollah du désert, sous-entendant qu'on est du même bord.

Peut-être qu'il veut m'embaucher ? Non. Avant de prendre congé, il me tend un papier officiel qui notifie l'urgence d'un règlement de 140 000 € de dettes paternelles, en scrutant, suspicieux, mes espadrilles vertes délavées. (Des Chanel *made in China*.) Les dettes de mon père (plus de dix ans d'impôts impayés, des procès perdus, une Porsche empruntée puis crashée, des années de loyers de PH en souffrance…), son château lessivé permettra de les payer.

Dehors, l'huissier hésite, reluque la mannequin assise sur le siège passager de la Clio kaki, qui végète au soleil. Puis il enfourche sa décapotable et déguerpit.

Je me résous à mettre en vente la maison. À prendre un agent immobilier. Un notaire. Un psy. (J'oublie le garde du corps.)

*

Sur la route de Mont-de-Marsan, mon pneu arrière gauche crève. Il pleut. Dérapages et gymkhana. J'évite de peu la sortie de route, un camion frigorifique. La Clio kaki penche dangereusement. Je roule encore quelques kilomètres. J'aperçois un panneau qui semble indiquer un garage. Je m'y dirige. Au bout d'un chemin boueux et brumeux, sans doute magnétique, parsemé, sur ses côtés, d'arbres décharnés, de caravanes et de carcasses de voitures, dont certaines empilées ou calcinées, j'accède à une maison de tôle, d'où sort un homme petit, robuste, en Crocs, pantalon de chasse et marcel, flanqué de deux dobermans, qui me regardent en chiens de faïence.

— Vous voulez quoi, vous ? le titan trapu gueule, prêt à lâcher ses cerbères sur moi, tandis que je sors de la voiture.

Buée sur les lunettes, pluie qui coule sur mon visage, sans essuie-glace, aveuglé, je balbutie, soudain doutant de m'en sortir indemne :

— Juste un peu de pneu.

*

Depuis ma base terrienne, le Cercle des Démocrates, j'envoie des SMS à la mer.

> Tu es où ?

PH est désespérément muet. Peut-être est-il au mitard ?

> Ici Lady Rose
> Tu es là ?

Maître Joupter, que j'appelle pour demander des news, ne parvient pas non plus à le joindre.

Soudain, le téléphone filaire à cadran du bar sonne, Sylvia répond, parlemente, repose le combiné, annonce une nouvelle renversante, les habitués s'agitent. On vient de retrouver le corps de Laura Fay, à Uchacq-et-Parentis, caché non loin du rond-point des Échassiers. Son mec a avoué le meurtre : ils se sont disputés, alors il l'a étranglée avec un collier.

*

Mes amis sont allés à la déchèterie de Labrit. Hypnotisé par les braises du grand feu, la marijuana que je mâche, dérouté par un sentiment imprécis, une intuition, sorte de halo ésotérique au-dessus de moi que la drogue fait surgir, j'interroge Kim.

— Mmm… tu penses vraiment que mon frère est bloqué dans son karma ? Ça voudrait dire quoi ? Qu'il n'arrive pas à sortir de ses vies précédentes ?

— Il répète, dans cette vie, les mêmes errors de sa vie précédente. Ton passé est ton présent. C'est un cirque ? Un circle. Correcte-moi, meeerde !

— Un cycle… oui, bon, mais… comment faire pour en sortir ?

— Il doit faire des bons actes. Ne pas être égouïste. C'est comme ça qu'on débloque le kaaaarma. Sinon, le passé te zombiiifie.

— Mais non, putain, c'est une vision hyper chrétienne du karma ! Bouddha, c'est pas ça !

Je compte lui donner des cours peut-être ? Je m'arrête, conscient de mon ridicule, pourquoi je me suis mis à aboyer ? Je louche vers Kim, elle est prête à en découdre, à se battre. Elle vient de ramasser une cuillère, avec laquelle elle entend me frapper le front, pour me ramener à la raison, ça va finir en pugilat, je m'agenouille et m'excuse pour désamorcer le combat.

— Je veux dire… j'ai l'impression qu'il est bloqué dans un court-circuit, un mauvais rêve. Il court mais il est dans un stade, une arène, il peut pas s'échapper, il veut fuir mais il tourne en rond, il court comme un somnambule. J'ai l'impression que son karma se mord la queue, tu vois.

Kim se demande où je veux en venir. Moi aussi. J'ai perdu pied. Elle ébauche un sourire. Je raconte n'importe quoi. Dans son visage qui s'éclaire : un flash. Me reviennent en tête *La fin des temps* de Haruki Murakami et le film de Bi Gan, *Un grand voyage vers la nuit*, où les héros semblent prisonniers d'un rêve et de leurs vies, du passé et du présent à la fois.

Kim pensive :

— Laisse-moi réflèch.

Quelques secondes passent, puis elle assène en anglais :

— If your brother is a sleepwalker, it means that his life is sleepless.

Je traduis, me répète ce mantra toute la nuit :

— Si mon frère est somnambule, c'est que sa vie est une insomnie.

*

Construction de conjectures.

Assez loin du titre français *La fin des temps*, le titre japonais du livre de Murakami est proche de la traduction en anglais *Hard-Boiled Wonderland and the End of the World.* Difficile de traduire « *hard-boiled* », lorsqu'il qualifie « *wonderland* ». Littéralement, ça signifie : « dur, dur à cuire, à la coque, bouilli ». Plusieurs traductions en français sont possibles : « Pays des merveilles dur à cuire », « Pays des merveilles à la coque ».

« *Hard-boiled* » s'emploie plutôt pour décrire la cuisson d'un œuf. « Hard-boiled egg » : œuf dur. Pour Murakami, le pays des merveilles serait un œuf (dur) ? Sa vision renvoie à la naissance, au temps de l'innocence, de la pureté : l'être avant de naître. Dans la coque ou le ventre (de la mère ou de l'œuf), c'est le règne des merveilles, du cocon béni. Mais, là, il y a eu ébullition, « *hard-boiled* ». La pureté est bouillie. Le cocon, cuit. L'apocalypse est déclarée, avant même le début du monde : la fin des temps avant même le commencement.

Bref, un pays mort-né : Wonder Landes. Le pays des merveilles grillées. (Puis noyées.) Le royaume barré de PHL.

*

Je songe à ses crashs, ses syncopes, ses gitans, ses prisons. Je songe au pays des merveilles à l'envers. À l'utopie renversée. Au chaos réincarné. À la suprématie du flou. À la mécanique des autruches. À la machine Landes. À mes analyses symboliques tirées par les cheveux. Mes théories ébouriffées.

*

Un vieux camping-car rouillé, aux suspensions cassées, capucine des années 1995 portée sur un moteur Ford, déboule dans l'airial. J'ai des palpitations. Devant le feu, qu'on nourrit aujourd'hui d'étagères, je manque de m'évanouiller. Sébastien me rassure (il avait oublié de prévenir) : c'est Simon, un Landais de Vert, village situé à trois kilomètres de Labrit, intéressé par certains meubles : table en marbre, coiffeuse bois métal. Simon s'extirpe du camping-car, fait sortir sa mère de l'arrière de la capucine. Ils visitent, en claudiquant, la demeure, commentant tous les meubles et les gens qu'ils croisent, repartent sans rien prendre.

Le lendemain, Simon revient sans sa daronne. Castratrice, elle réfrène tous ses achats. Lui a flashé sur le réfrigérateur américain. Il adule « *l'American way of fridge* », est prêt à l'acheter à n'importe quel prix. Je raconte que l'engin est sentimental, incessible. Simon pige, dodeline. Lui non plus ne pourrait pas dealer son Ford. Il vit dans son camping-car, au milieu du jardin de sa mère. C'est un *vanlifer*, fan des voyages au long cours, mais, là, il s'est fixé dans la forêt, ne supporte plus que l'immobilité. Il repart au final avec un miroir et une cafetière qui fuit de partout.

*

En route vers Bordeaux, je file dans la Clio kaki, Rocinante déglinguée, secouée de hoquets inexpliqués (accélération et décélération brutale ; nausée ou agonie du moteur). Je suis convoqué à 9 h au bar Castan, sur les quais bordelais, par l'amoureuse éplorée n° 3 du professeur Alain, Isabelle. Archétype de la Bordelaise des années 1990, elle travaille dans l'aéronautique, vend des fusées aux Russes. Intrigué par ce rendez-vous matinal, échaudé par les secrets paternels, lancé dans une contre-enquête absurde (du genre « qui est mon père ? »), je me gare, saute de ma monture, m'engouffre dans le café. Installée seule, au fond de la salle, près de l'issue de secours, Isabelle m'invite à m'asseoir devant deux expressos-calva précommandés. Rêveuse, caressant d'un doigt son verre, elle m'indique qu'on est le 6 janvier 2019.

— Vous savez ce que cette date représente pour moi ?

Comment pourrais-je le savoir ?

Elle élucide l'énigme. Le 6 janvier, c'est la date anniversaire de sa réconciliation amoureuse avec Alain, après une décennie de rupture. Le 6 janvier 2009, dans le même lieu, au même horaire, elle lui avait donné rendez-vous pour « rattraper le temps perdu », « repartir de zéro ». Qu'espère-t-elle rattraper avec moi ?

Elle s'épanche sur leur relation : leur rencontre « fusionnelle » en 1986, leur rupture « non moins fusionnelle » en 1998-1999, la décennie de brouille, son « hiver glacé », son

« quaternaire », puis la reprise « à pas de loup » de leur relation en 2009.

— Je l'ai griffé, je l'ai giflé, on a couché et on s'est remis ensemble.

Ils se sont rencontrés en 1986. Il avait quarante-cinq ans. Elle en avait trente. Ils sont tombés follement amoureux. En 1989, notre famille quitte les Landes pour s'installer à Bordeaux. En 1991, elle propose à Alain le grand saut : divorcer, la rejoindre à Aix où elle est partie travailler. Le professeur accepte à une seule condition.

— Laquelle ?

Silence, elle ménage le suspense, puis claque :

— Qu'il vienne à Aix avec son fils aîné, Pierre.

J'encaisse sans broncher. Pourquoi me dit-elle ça ? Quel intérêt ? Elle entend m'atomiser ? Me récupérer en miettes ? En profiter pour me griffer, me gifler, coucher avec moi ?

Isabelle accède aux vœux d'Alain mais le professeur ne donne pas suite. Il fait la sourde oreille, comme il sait si bien faire, continue sa vie, son chemin, à Bordeaux.

Le téléphone de l'amante n° 3 sonne. C'est son mari. Elle prétend être à la boulangerie pour acheter des pâtisseries : millefeuille ou forêt-noire, son cœur balance. Elle raccroche, pose, abrupte, une dernière question :

— Vous savez de quoi Alain est mort ?

— D'une crise cardiaque.

— Non, de honte. C'est la honte qui l'a tué. La honte d'avoir un fils en prison. La honte de voir son nom souillé.

— Son nom souillé ? j'éclate de rire. Laaabruffe ? Mais il

est ridicule, ce nom ! Ça n'a pas de sens. En plus, Labruffe, en gascon, ça veut dire sorcière.

*

Veillée au coin du feu, la valse des diagnostics débute. Ma bande émet des avis tranchés sur PH, des théorèmes (des théOrignes).

Mon frère : perdu au milieu de mille conjectures.

*

Début de soirée, Kim insiste sur le karma. Tout n'a pas été dit.

— Ton frère a fait une grande error.

Plongé dans la lecture de *Lunar Park*, je l'écoute à moitié, je réponds à moitié :

— Mmm quoi ?

— Dans la forêt. Il a tué des animaux.

— Hein quoi ? Non, il n'a jamais tué d'animaux.

S'apercevant de la passivité de mon écoute, Kim confisque *Lunar Park* et le balance à travers la fenêtre, dans la piscine.

— Siii : les taupes. À Errorrigne.

— Ah oui, les taupes. Et tu crois que c'est pour ça qu'il est en prison ? À cause des taupes ?

Regard noir (en cuir clouté), Kim est catégorique :

— Ça a zibouillé son karma. Il a inondé les… les grottes ? C'est ça ? Les grottes des taupes ?

— Les galeries, je rectifie.

— Oui les galeries, il a aussi mis des fils barbelés. Il a zibouillé son karma, s'entête Kim.

— Tu veux dire pour la prochaine vie alors ? Ça ne peut pas avoir d'effet, là.

Je mâchouille un brin de marijuana. Je réfléchis :

— Tu as raison, oui, mes parents ont organisé un véritable génocide dans les Landes. Pourquoi ils étaient si obsédés par les taupes ? L'obsession bourgeoise du gazon immaculé, je suppose ? Alors que moi j'adore les taupes. Tu vois, je n'ai pas participé à ce taupicide à Horrorigne. Je ferais pas de mal à une mouche, ni à un myope d'ailleurs. Je me demande si, dans une vie antérieure, je n'étais pas une taupe.

Captant que je me moque, Kim me tord le doigt, exige que je me mette à genoux pour m'excuser. Ce que je fais sous la pression (la torsion), souriant malgré tout, la menaçant :

— Attention Kim, je suis un sorcier ! Je pourrais m'énerver, là, tu sais.

— La chamaaane dit que t'es un sorcier sans pouvoir.

*

Totems de l'entropie paternelle, les godemichés trônent sur la tablette de la cheminée. Le reflet des flammes crépite autour de huit verres d'armagnac disposés sur un tonneau, en face de l'âtre.

— En fait, avance Sébastien. Ton daron a remplacé les médocs par l'argent. Ses pilules, à PH, c'est le cash.

— Oui, approuve Kim, ton frère est très liquiiide.

Je réfléchis, mâche le mot « liquide ». Sébastien poursuit :

— L'argent, c'est son crack. Dès qu'on parle de thunes, il a une montée d'adrénaline, son regard change, ses pupilles se dilatent, ses yeux deviennent fluorescents, il est habité, comme s'il était en manque.

The Dudesse intervient :

— Non, son LSD, c'est les Landes. Son neuroleptique psychédélique.

The Dudesse travaille dans un centre pour fracassés de la vie, à Léognan, à trois pas de Bordeaux. Elle s'y connaît en psychotropes.

*

Fabien, de passage, affirme :

— Ton frangin, c'est Pierrot le Fou. À la fin, il fait tout sauter.

Je me remémore la dernière image du film de Godard : Jean-Paul Belmondo, visage grimé de bleu, qui s'enroule la tête de bâtons de dynamite, jaunes et rouges, de la « nitramite », se la fait exploser du haut d'une falaise en face de la mer.

Fabien grommelle « au feu le phallus », s'empare des trois godemichés et les balance dans la cheminée, sous les protestations générales. L'air empeste le plastique grillé. The Dudesse avale cul sec un Baba aux Landes, invention hivernale du pasteur :

— Ouais, ton frangin, il a dynamité la famille Labruffe et lui avec. C'est un kamikaze.

Ces mots font écho aux derniers chapitres d'*Un roi sans divertissement* de Giono et de *La course au mouton sauvage* de Murakami. Un homme et un mouton fument un cigare qui s'avère être un bâton de dynamite, se font sauter le ciboulot.

Benjamin :

— Il s'est autodafé, autosaboté. Il a fait hara-kiri. Ton frère est un samouraï sans cause.

Kim :

— Il va se réincarner en craaabe.

Fabien insiste :

— Kamikaze et cannibale.

The Dudesse :

— Mythomane et pyromane.

— Il marche sur trois pathogènes, complète The Dude.

The Dude est au RSA depuis la nuit des temps : plutôt crever que travailler. Il fréquente assidûment la CAF et Pôle emploi. Il s'y connaît en agents pathogènes.

Kim :

— Nooon, il est multipolaire et multilaaapidaire.

Fanfan parle d'hubris. Pour lui, mon frangin est mégalo, a été forgé par la démesure et dans la démesure. Tué et transpercé par elle.

Quant à Descubes, il se tient loin de l'analyse sauvage, près du grand feu, toujours avec ses cartouches.

Tous sont, en fait, attristés pour PH. L'ironie cache la peine.

Le lendemain, on vidange la piscine, pompe en panne, on l'écope à la casserole.

*

Kamikaze, mythomane, pyromane, toxico, multipatibulaire, money addict, taupigénocidaire ?

Je ne sais pas.

Derrière ces mots, se cachent une volonté, une intention, une âme forte. Et je ne sais pas si PH en a une, réellement. Son âme est molle, vague, modelée par le vent, portée par le flou. C'est ce qui le structure et le déstructure : l'évanescent.

Fabien :

— Et peut-être qu'il danse sur la cendre.

Je ne sais s'il se nourrit de ruines.

Pas seulement.

Il s'est conformé à ce que mes parents ont calqué sur lui : être autre chose, être quelqu'un d'autre, autre chose que lui-même, autre chose que folie, faille. Ils ont contre-plaqué sur PH une fable. Celle d'un fils florissant, accompli socialement, celle d'une normalité radieuse. Mes parents l'ont consigné à ce travestissement, à ce masque : cette impossibilité d'être lui, d'avoir un visage. Être lui dans la splendeur de ses failles. Il n'a pu être qu'écorce, que décor, pelure. Il n'a pu que s'abolir. Il s'est conformé à cette abolition. Et, ce que je sais maintenant, c'est qu'en aucun cas on n'a le droit de s'abolir à ce point.

*

En vidant la maison, nous cherchions aussi une clef : celle du coffre paternel à la banque. Nous en avons débusqué une cinquantaine (de tous types, de toutes tailles, de toutes formes, neuves, rouillées, anciennes, rétro, modernes) mais pas celle du coffre-fort. Ce qui y est enfermé : personne ne le sait.

*

Mes journées s'égrènent au fil des visites. Je suis l'esclave des biens de mon père, de leur dispersion dans la nature. Les Landes continuent de défiler ici. La maison de se vider.

Aujourd'hui, au grand dam du pasteur, c'est la BM vintage 2002 Turbo qui est l'objet de toutes les convoitises. Des mois qu'elle n'a pas servi, languit sous un chêne, seule et fiévreuse.

Plusieurs rendez-vous sont programmés. Ce matin, la famille Razigade venant de Tarbes. Le père veut essayer la voiture. Il se met au volant, le fils à ses côtés, moi à l'arrière. Miracle, la BM démarre. Monsieur Razigade, nostalgique, soupire :

— C'est dans cette voiture que j'ai rencontré ta mère.

Alors qu'il roule sur les chemins de terre, que j'essaie de déchiffrer sa phrase (comment peut-on rencontrer quelqu'un dans une voiture ?), je me rends compte que la banquette est détrempée. Il s'engage dans la départementale, accélère. À l'arrière, j'enquête sur l'inondation, m'efforce de remonter la piste de la fuite. Au bout de quelques minutes, je réalise que le toit est percé par la rouille. Leurs fringues (fesses & fringues) doivent être, à l'image des miennes, imbibées d'eau. Pourtant, ils ne mouftent pas. À 100 km/h, l'habitacle tremble, une fumée blanche sort du moteur. Panique à bord. Arrêt forcé à Lencouacq. Ils exigent des explications. Je ne sais quoi dire. Alors j'incrimine le modèle Turbo, mon père, l'humidité landaise, puis j'avoue :

— Bon oui, d'accord, cette BM est un peu fumiste.

*

Dans le train qui revient d'Angoulême où j'ai rendu visite à un PH apathique, je lis le rapport d'expertise psychiatrique daté du 4 août 1999, établi à la suite de son accident survenu le 19 avril 1997, le crash d'une Corrado sur la rocade de Bordeaux. Huit pages dans lesquelles le docteur B., des Hôpitaux de Bordeaux, essaie de déceler les effets psychiques et physiques de l'accident sur PH. Il entend déterminer si son état inquiétant (« *maux de tête, insomnie, irritabilité, désocialisation, sens peu en éveil, impression de profonde solitude, impossibilité de conduire* » ; il aurait essayé, serait tombé en syncope) est lié au crash : PH l'affirme ou feint de l'affirmer. Je suppose que c'est une question de responsabilité, d'assurances. L'entretien avec le médecin ne se passe pas bien. Le contact est « difficile » :

> *Ce jeune homme est d'emblée peu coopérant. Il semble souvent excédé par nos questions. Il est souvent flou ou imprécis sur nombre d'événements de sa biographie.*

Comment faire la biographie du flou ?

La dimension revendicatrice est nette, accompagnée d'un vid sentiment d'injustice. L'analyse et l'introspection sont faibles et peu élaborées.

« Vid » ? A-t-il voulu écrire « un vide sentiment d'injustice » ? « Un vif sentiment d'injustice » ? Vide ou vif : les deux font sens.

La pensée est rigide et monothématique à tout moment projective.

C'est quoi une pensée monothématique à tout moment projective ?

Peu importe, le docteur B. est formel : les troubles psychiatriques de PHL sont préalables à ce crash. Il évoque « une pathologie active à facteurs multiples et ultra intriqués ».

Où ai-je retrouvé ce rapport, déjà ? Je le range, en contemplant, à travers la vitre du train, des éoliennes qui brassent le crépuscule. J'essaie de m'en souvenir. Oui, c'est ça, caché dans les affaires du paternel, relégué au fond d'un carton, derrière une armoire, dans les combles. Mon père, ensevelissant son ADN. Ses planques : cache-misère, cache-fils, cache-sexe de sa détresse. Sépultures de son incessant seppuku. En enfouissant ses secrets, ses silences, oubliant la radioactivité de ces déchets indicibles, il n'a cessé de se tirer une balle dans le pied, dans la tête, dans le cœur.

Les éoliennes disparaissent.

*

En prison, j'ai demandé à PH s'il se rappelait ses syncopes, ses crises lorsqu'il sortait de son corps. Il a dit non, puis :

— Oui ça me revient, elles avaient lieu en dehors d'Origne, quand j'étais loin des Ménines, de notre forêt.

« Les Ménines » : sa ligne Maginot imaginaire.

*

La mannequin, que j'avais laissée à la place du mort dans la BM tractée au bout du chemin, a disparu. J'imagine une évasion : ma belle-mère mutique se faisant la malle, libérée de son éternité. Mais vite, je vole en rase-mottes, au plus près du réel, mon rictus se rétracte. Qui l'a dérobée ?

*

Back to Paname. Observant la photographie d'une vache accrochée sur les murs du restaurant La Ferrandaise, près du jardin du Luxembourg, la main sur les genoux voilés de Kim, j'écoute un ami ambassadeur. Je viens de lui parler du décès de mon père, de l'arrestation de PH, des questions que je me pose, du rapport psychiatrique. Un diplomate normal aurait fui, prétextant un rendez-vous oublié. Lui, non. Il a deux métiers : en plus d'être fonctionnaire, il est psychanalyste.

— La vérité : votre mère a fait main basse sur votre frère.

Surpris, je demande :

— Qu'est-ce qui vous fait dire ça ?

— Le discours de votre frère, il faut l'écouter. Peu importe sa réalité. Il explique sa « nasse » par la mort de votre mère. Vrai ou pas, il exprime l'importance de sa mère pour lui. Elle meurt, il dérive.

Pause. Il joint les doigts pour former un triangle.

— Votre père était déjà mort.

— Quoi ?

— Votre père n'avait pas sa place. Pour votre mère, j'entends. Et bien sûr, ces histoires de crashs sont également l'expression d'un assassinat symbolique.

— Comment ça ?

— Bon, permettez-moi de caricaturer, et là, j'invoque Freud tout-puissant, la voiture, c'est un symbole phallique : la primauté du père.

Je pense : « Le phallus, mon cul ! » Il plisse bizarrement les yeux. Est-ce que j'ai pensé à voix haute ? Il poursuit :

— Bref, en crashant ses voitures, c'est sur votre père qu'il crachait.

On boit notre deuxième bouteille de Château Chasse-Spleen 1999. Kim nous écoute sagement. Je commence à être ivre :

— Okay, on est face à un multiœdipe. Un œdipe brouillé comme un nuage de lait dans un café. Il a continué à tuer le père alors que la mère était morte. Pff… il s'est acharné quoi. Il a castré le père même.

— Qu'est-ce que vous dites ?

— Je dis qu'on ne fait pas d'œdipe sans castrer les vieux.

Sous l'œil inquiet du lacanien (qui évalue sans doute le nombre de séances nécessaires à ma réfection), je précise, titubant dans mes phrases dévorées par le vin, que ma mère disait que mon frère n'était pas fou, mais qu'il était flou. Je répète, doigt pointé vers le ciel.

— Flou, pas fou !

Le diplomate, éméché lui aussi, pousse les assiettes, dont l'une tombe à terre, écrit sur la nappe le mot « FOU » puis au-dessus le mot « FLOU ». Accusateur, il tapote, avec son Mont-Blanc, le « L » et hurle :

— C'est quoi ce L ?

Une seconde flotte. Les gens nous dévisagent. Kim plante brusquement son couteau entre mes doigts, sur la consonne, le L suspect, et clame, clou de ce spectacle givré :

— Çaaa ?! Mais c'est le L de Laaabruffe, çaaa !

L'ambassadeur m'observe comme si j'étais un aLien. Ne sait plus où il voulait en venir. Revient à la raison, à la psy. Me parle de tolérance à la frustration : moteur du désir. Je bafouille à nouveau que je cherche un nom au mal de PH. Il rétorque que les fous se conforment aux étiquettes qu'on leur colle.

— En allant en prison, votre frère a matérialisé ses barreaux, la cellule, dans laquelle il vivait déjà.

Je bredouille :

— Je ne sais pas, en fait je… Il n'arrête pas de me parler

de nasse. Il explique tout par ce mot. « J'étais dans la nasse. J'étais dans la nasse. » C'est son putain de leitmotiv.

Pause. Doigts joints sur le front.

— Cher ami, vous savez, la vérité rattrape toujours l'erreur au collet dans le mépris. Il faut écouter les putains de leitmotivs.

*

La notaire m'appelle. Elle a retrouvé trace d'un testament de mon père rédigé en 1974. Je m'attends au pire. Il a tout légué à mon frère ? À sa première ex ? À une demi-sœur inconnue ? À une famille cachée ? Non : à ma mère.

La notaire est préoccupée. Elle veut faire un point sur l'avancée de la vente de la demeure familiale, me met la pression, parle d'Urssaf, de mandataires, d'huissiers, de procès, de procédure, de l'incurie des agents immobiliers du coin.

— Au passage, j'ai une amie qui vient de monter son agence. Elle peut vous aider. Car il faut vraiment accélérer le processus.

Je pense : « Tiens, son masque, à elle, c'est le processus. »

La maison intéresse peu de monde, je réponds. Son état général épouvante. Seuls deux couples semblent intéressés : l'un, anti-ondes, allergique au wi-fi, ambitionne d'installer des yourtes, se protéger des champs magnétiques ; l'autre, écoféministe, n'en peut plus de la ville, désire en faire une demeure durable, autonome, autosuffisante, planter des panneaux solaires dans l'airial.

*

Ma tante, gérante d'un camping de mobil-homes à Caen, m'invite au Winston, une brasserie de Neuilly, sommet de la gastronomie sans saveur. Tapotant les escargots qui gisent, zombies, dans mon assiette, je lui résume la situation, la catastrophe PHL. Elle commente :

— Oui, Pierre, il est désordre dans sa tête. Petit, lors des repas, il montait sur la table, il se mettait à quatre pattes. Et il disait : « Je suis un chien, je mange comme un chien » et il lapait l'assiette.

J'évoque mes doutes : est-il vraiment malade ou me manipule-t-il ? Les deux ? Se pare-t-il encore, même en prison, de rôles qu'il joue sur mesure ?

— Il est trompeur, jamais tu le connaîtras. C'est le souk dans son âme.

Un silence. Le café arrive. Elle réfléchit, remue une cuillère dans la tasse. Du marc, elle extrait un souvenir :

— À neuf ans, il était déjà pas net, il volait tes notes. Il exultait : « J'ai ramené un dix-huit »… alors que c'était ton dix-huit.

— M'en souviens pas.

— Si, il s'appropriait tes notes, tous les devoirs notés, il les montrait, en mettant son nom et en barrant le tien.

Le mal de PH : définitivement antérieur à notre départ de la forêt.

— Et tu sais…

— Quoi ?

*

Ma tante me révèle que le fil que je poursuis est une corde, un cordon ombilical qui s'est enroulé autour du cou de mon frère à la naissance. Il est né presque mort. Pendu avant d'être né. Il a été sauvé de justesse. Son corps. D'accord. Pas son esprit.

*

Ce qu'il disait ado, sa ritournelle que je pensais grotesque, me revient avec effroi : « Je n'ai jamais demandé à naître. » Son esprit à jamais bloqué dans le lasso.

*

Pas une boucle, pas un cycle, donc, autour de lui, mais un cordon ombilical. Ou plutôt, le cycle est un cordon. Dans la complainte de PH, « Je suis maudit et tout se délite », il faut entendre : « Je suis maudit et tout me lie. » Toujours un mot en écorche un autre.

*

La maison paternelle est vendue. Les écoféministes sont aux anges, elles en feront un laboratoire du développement durable. Bonus : les granges réunifiées deviendront un ashram pour start-uppers surmenés, l'antre des junkies du taf, la DMZ du burn-out. J'entrevois, moi, le bout du tunnel. Il reste deux, trois bricoles à évacuer, sans compter les lits et le frigo américain.

*

Sur le pont, descendant l'escalier qui permet d'accoster à pied l'île Fanac, j'ai l'impression d'être Modiano. Détective déphasé, éreinté, à la recherche de son histoire éclatée. C'est un puzzle sans fin, que j'essaie de recomposer, dont j'essaie de retrouver toutes les pièces, dispersées dans l'espace et le temps, projection de parcelles incandescentes. L'autopsie de ma famille explosée me mène à Joinville-le-Pont où je vais voir ma tante maternelle Martine, la cousine de ma mère, avec qui elle faisait des recherches généalogiques. En longeant la Marne, je me demande ce que je fais là, à quoi ça rime. À quoi bon ? Qu'est-ce que j'espère apprendre ? Qu'est-ce que j'espère changer ? Rien.

Je désosse juste
la carcasse du flou.
Je ronge les os.

Sur son ordinateur, tandis que son mari nous écoute en préparant une conférence sur la génétique, Martine montre l'arbre généalogique de la famille qu'elles ont reconstitué jusqu'en 1830. En remontant les branches de cet arbre, j'apprends que le père de ma mère, Pierre Devaux, avait une sœur qui s'appelait… Gisèle. Comme ma mère. Il y a peu d'informations sur elle. Née en 1910, elle est morte deux ans plus tard, emportée par un virus.

Le passé est une rétro-fusée. Pierre Devaux a donné le prénom (Gisèle) à sa fille (ma mère) en hommage à sa sœur morte, pour consoler sa propre mère, Eugénie qui signifie, en grec, « bien né ». Mais, depuis, tout le monde est mal né, mal nommé, malmené.

Ma mère a pris la place de la sœur de son père.

Mon frère a pris la place du père de ma mère.

Je suis… soufflé. Le savait-elle ?

*

Martine me révèle également que mon grand-père n'a pas sauté sur une mine. Ce n'est pas une explosion qui l'a tué en 1944, contrairement à ce que pensait ma mère, mais une balle qui l'a touché en plein cœur, en haut de la côte d'Écouen, sur la route nationale n° 16. Un sniper embusqué. La balle a donc traversé les temps pour se loger dans la tête de mon frère et la dévisser.

*

J'apprends enfin qu'il y a neuf Pierre dans cet arbre généalogique.

Que cet arbre est un rocher.

Que cet arbre est plombé.

*

Je pense : « Pourquoi pas moi ? Pourquoi ai-je été épargné ? Ai-je vraiment été épargné ? » Je pense : « Mon prénom issu d'une fiction est mon bouclier. C'est San-Antonio qui m'a sauvé. » Je pense : « C'est l'Asie qui m'a ignifugé. Ma fuite de la forêt était un paratonnerre. »

Je ne pense pas, en fait, je prie.

*

Chez les Yorubas, en Afrique de l'Ouest, les masques permettent aux vivants de communiquer avec les morts. Sont autant de ponts entre les mondes.

Je pense : « C'est à la mort que mon frère parle. »

Dans la Chine ancienne, ils servaient à exorciser. Porter les plus hideux permettait d'intimider les mauvais esprits, chasser les calamités, les maladies, la peste.

Je pense : « C'est un esprit que PH veut faire sortir de son corps. » L'esprit de la forêt. Son génie retors.

*

Je tourne autour des maux, des démons.
Miracles, enchantements, sortilèges.
J'invente des formules incantatoires.
J'éviscère les charmes.

*

Un flash. Dans la bibliothèque éventrée du paternel (ce qu'il restait, ce que je n'ai pas vendu ou brûlé), j'ai trouvé un livre couvert de champignons : *Se libérer du temps généa-*

logique. Propriété de ma mère. Devant le feu extérieur, qu'on nourrissait ce soir-là, avec Kim, de vieux magazines pornographiques des années 1980, j'ai feuilleté ce bouquin un instant, puis j'ai arraché les pages, les ai jetées, regardant les phrases s'embraser.

Sébastien est alors sorti d'une grange avec une mallette, qu'il venait de trouver, dissimulée derrière une planche clouée contre un mur. Il l'a posée à côté de moi, a arboré un grand sourire, espérant un magot, le trésor oublié de mon frangin ou de son gitan, l'a ouverte, en forçant le cadenas. Ce n'est pas le magot, mais un pistolet Beretta 92 FS Fusion. Kim est partie en courant, criant :

— Il est malaaade !

*

Dans une vie antérieure, peut-être que mon frère était le soldat allemand qui a tiré sur mon grand-père en haut de la côte d'Écouen à Villiers-le-Bel.

*

Encore une boucle qui se boucle, le poisson qui se mord la queue dans une rivière asséchée. Martine, la cousine de ma mère, m'envoie un SMS laconique.

> 28/08/1944 : ton grand-père meurt.
> 27/08/1974 : ton frère naît.

Deux dates qui ne font presque qu'une : un jour avant la mort de son père, le 27 août, ma mère expulse sa douleur. Pierre-Henri : corde autour du cou.

*

Non, Fabien, tu vois, mon frère n'est pas pyromane :
il est né dans l'incendie.
Il est né dans une maison hantée (ma famille)
par la douleur d'une mère
qui a perdu, trop jeune, un père,
qui a perdu, trop jeune, une sœur.
Il est né dans une cathédrale engloutie,
par un siècle de non-dits, de non-sus,
où l'Histoire a dévoré l'intime.
L'a brûlé jusqu'à l'os.
Il est né
dans la gueule du gouffre,
dans l'incendie.
Il n'est pas fou. Il est en feu.
Il est né la tête brûlée.

*

C'est peut-être pour ça qu'on s'appelle Labruffe, les sorciers, les sourciers, en béarnais, « *las broishas* ». On cherche l'eau. Pour éteindre l'incendie. Qui couve depuis des décennies, des générations, des siècles.

*

8 mars 2019. PH est libéré après onze mois de détention provisoire, à la suite d'une expertise psychiatrique que la juge a enfin accepté de réaliser, et que l'avocat refuse de me transmettre. Secret professionnel de polichinelle oblige. Maître Joupter me prévient au dernier moment, une heure avant la quille, justifiant l'info tardive par les « mortelles lenteurs » de l'administration. Aucun moyen d'appeler PH ou de m'organiser pour aller le chercher. En ai-je envie ?

PH seul à la gare d'Angoulême.
Où va-t-il aller ? Quelle direction va-t-il prendre ?

Je lui avais envoyé un courrier pour l'informer que la maison familiale avait été vidée et vendue. Il avait signé par procuration, depuis sa cellule, la promesse de vente.

*

Dans la nuit, je reçois un message d'Erik SAS, nouveau pseudo, post-incarcération, de mon frère.

enfin libre

j ai pris le premier train
il m a emmené à
Saubusse les bains

là je suis à Urcuit
je fais du stop

Qu'est-ce qu'il fait dans le Pays basque ? Je m'inquiète :

Tu vas où ?

Le lendemain matin, sa réponse :

Je temporise

Quelle est la première chose que je ferais si je sortais de prison ? Lui est allé à La Kasba, un kebab à Angoulême, 78 rue de la Corderie.

*

En villégiature à Paris, invitée par Kim (qui a bien pu payer son billet d'avion ?), la chamane (délicieusement invasive, elle squatte chez nous depuis cinq jours) assène :

— Tu n'es pas extérior à ton frère.

— Qu'est-ce qu'elle veut dire ?

On est dans un bar bondé, place de Clichy, Le Cyrano, au comptoir. Je ne comprends pas.

— Elle dit que tu n'es pas extérior à sa folie, traduit Kim. C'est ton bloody sang, ton soool, ta famiiille, ta forêt. Pas seulement un siiilex dans tes escarpins. Tu es une part de sa foliiie.

*

Dans une vie antérieure, plaisante Kim, je devais être une névrooose.

*

La chamane affirme :
— Ton frère est ton acouphène.

*

Le monde change définitivement de dimension, d'ère, pour moi. On est entré dans le Labruffocène.

Un ancien codétenu de PH m'envoie un message via Facebook pour savoir où est Pierre-Henri, où en sont leurs plans. Quels plans ? Il explique qu'il a fait de la prison pour une broutille (règlement de compte, trafic de drogue : il n'a tué personne, juste dealé et frappé, c'est un homme de valeurs). Maintenant il a décidé de rentrer dans le droit chemin, le droit chemin d'un business clean, il expie en ouvrant un restaurant indien, et Pierre-Henri lui a raconté qu'il avait un « canal » en Chine pour lui trouver du riz moitié prix. Je suppose que je suis ce canal.

*

Une semaine plus tard, autres affres, autre détenu. Celui qui a tué sa femme à coups de couteau m'écrit un courrier chez moi – *un courrier sans timbre* – pour poser la même question : où est Pierre-Henri ? Où en sont leurs plans ? Comme si j'étais le secrétaire de leurs plans sur la comète.

Quels plans ? Ils envisagent de monter ensemble une association de défense des droits des femmes.

Chassez la parano, chassez l'absurde, ils reviennent au galop.

*

Sortant de l'aire d'autoroute, je pousse au maximum la Renault Supercinq que j'ai louée. Elle tremble. Je regarde dans le rétro par réflexe. Personne ne me suit. À nouveau l'A10 intemporelle : direction Bordeaux puis Labrit. Kim chante à tue-tête et danse dans l'habitacle. Un gyrophare. Il nous dépasse, dans la nuit, s'évapore. Parfois des légers voiles de brume traversent le bitume, floutent la trajectoire. Sortie 18 de l'Atlandes : Saugnacq-et-Muret. Enfin la forêt.

Je dois régler les derniers détails de la vente. Lustrer la maison paternelle, la nettoyer de fond en comble avant de passer la main, balancer les derniers trucs. Peut-être aussi : en profiter une dernière fois.

Il est minuit quand on arrive à la propriété. Dans mes phares, sous la bruine : pas de lapin. Mais : mon frère, équipé d'un détecteur de métal. Il me fixe éberlué. Moi aussi. (Il m'avait SMSé qu'il était chez son ex, on avait prévu de se voir dans quelques jours.) Je sors, sans mots, on s'enlace. Au bout d'un moment, je parviens à me détacher de lui :

— Tu cherches quoi ?

— Rien, rien. Des souvenirs.

Mensonge. Un ange (masqué) passe entre nous.

Stupeur quand on pénètre dans la maison. Elle déborde d'un bric-à-brac invraisemblable : sacs-poubelle, bouts de meubles, de bois, chaises plastique, tréteaux, planches… Quoi d'autre ? Un réchaud, une chaîne hi-fi démantelée, une dizaine de sécateurs, des jumelles, des magazines *Auto Plus*.

Évidemment : PH s'y est réinstallé. Il ne veut pas partir. Il est bloqué dans l'espace et dans le temps. Il lutte contre son second déracinement.

Sur le rebord de la cheminée, un cadre retourné. En partant, la dernière fois, j'avais laissé, là, une photo du père, autel austère et insensé. Je prends l'icône. PH se précipite pour la reposer sur la tablette (professeur face cachée).

— Je n'arrive pas à regarder papa. Ça me donne le vertige.

On allume un feu. Je reste sans voix : les mots me fuient. Comment vais-je pouvoir le raisonner pour qu'il parte d'ici ?

Kim interroge PH sur la prison, sa sortie, ce qu'il ressent.

Il ne ressent rien, tout est tellement irréel. Il fait beaucoup de stop pour se déplacer. Il raconte les histoires des gens croisés sur la route.

Je sors pour prendre l'air. Humer la nuit, les odeurs. Écouter la forêt. À côté d'une grange, je remarque les traces d'un mini-brasier. PH m'a suivi.

— Tu as brûlé quoi ? je demande.

— Le mauvais œil. Tous les habits de la prison.

Dans les deux chambres du haut, il reste encore deux lits. L'une est investie par PH. C'est un capharnaüm sans nom dont la dominante est blanc-orange : la couleur des emballages de Kinder Bueno.

*

Le lendemain, je flâne dans les bois, accompagné de mon frère. Il me suit partout depuis notre arrivée. Je lui parle peu. Lui s'épanche plus avec Kim. On se réacclimate l'un à l'autre, on se réapprivoise. À la lisière de la propriété, au milieu des pins, on tombe sur le trou béant, géant, sorti de nulle de part. Je murmure :

— Je me demande qui a fait ça.

— C'est moi. Je construisais un lac.

La pelleteuse s'est embourbée, il n'a pas pu finir de creuser.

*

Dans le coffre paternel (mon frère avait enfoui la clef sous une pierre, près d'un puits, dans un sac plastique Leclerc), il y a une bombe, badine PH. Il attend que le banquier montois s'éclipse, l'ouvre. Une statuette apparaît. Représentant une Vierge à l'Enfant, elle daterait du XVe siècle, aurait une valeur considérable selon le frangin, dont les yeux pétillent. Je vérifie sur le net : en fait elle ne vaut rien. Mon frère s'affaisse, cherche un fond caché (un message du père, du cash, une autre clef ?), s'échine, passe ses mains partout, sonde l'invisible, palpe le néant, l'éclaire avec la lampe torche du smartphone. Il est dépité. Il ne voit rien. Peut-être un peu de poussière.

La légende familiale me revient : jeune couple saturé de rêves, mes parents ont trouvé cette relique à la fin des années 1960 alors qu'ils se baladaient sur le bord d'une route menant au château Pape Clément où, étudiants, ils logeaient. Ils n'ont jamais voulu la vendre, même lorsqu'ils étaient en difficulté financière.

Dans ce coffre désert, je vois, moi : leur histoire, les cendres de leur couple, de leur éclat, les décombres de leur passion.

*

PH exige qu'on ne touche à rien, qu'on ne lave rien, ressort tout ce qu'on vient de jeter dans les sacs-poubelle. Je tente de faire le point avec lui.

— Tu sais qu'on vend la maison ?

— Oui, oui.

Je lui rappelle la hauteur des créances paternelles, la pression sur mes épaules, l'envie que j'ai d'en finir (avec le père). Ses yeux bougent dans tous les sens.

— Tout se négocie, Alex.

— Je ne crois pas, non.

Il ne pige pas d'où surgissent les dettes, il doit y avoir anguille sous roche (« les huissiers sont de mèche avec les gitans, pas possible autrement »). Je hausse le ton, lui rappelle que la vente a lieu dans un mois. C'est trop tard pour transiger. Je lui fais promettre de tout nettoyer avant l'échéance. Il se calme, balbutie :

— Oui, il faut qu'on arrive à se parler sans sangsues.

Chaque phrase qu'il prononce me dévisse du réel.

Quelques jours passent. J'essaie d'évoquer son affaire judiciaire. PH ne veut pas entendre parler du futur procès. C'est un mot qui porte malheur.

Jour du départ, je cache un livre entre deux poutres d'une grange. Hommage au camouflage. Qui sait ? Peut-être que les nouveaux propriétaires le découvriront un jour.

*

Au Cercle, où je le laisserai avant de filer, PH lâche du lest. Il se confie. Conte une entourloupe. Revient aux sources de sa débandade.

Fin 2017, PH reçoit un appel d'une certaine Tatiana, jeune Russe qu'il ne connaît ni d'Ève ni d'Adam.

— Mon mari te trompe.

PH ne saisit pas. Il est en couple avec Nina alors. La Russe précise :

— K. te siphonne tout. Ne lui fais pas confiance. Jamais tu reverras ton argent. Je suis sa femme, je le connais bien. C'est un rat, un chien, une pince. Il me trompe.

K. est l'intermédiaire qui a présenté à mon frère la banque espagnole qui l'a escroqué de 250 000 €. PH croit, à cette époque, que son oseille fructifie en Espagne. Il tombe des nues.

Pourquoi Tatiana lui révèle cela ? PH ne se pose pas la question. Il avale son baratin : elle se dit honnête, orthodoxe, toute miséricorde. Depuis qu'elle est au courant de cette arnaque, elle a des insomnies. Elle lui propose son aide, un rendez-vous chez eux, pour avoir une explication franche avec son « enfoiré de mari ».

PH se rend dans un faubourg « huppé mais pas trop » de Toulouse, dans le quartier du Pont des Demoiselles, au bord du canal du Midi. Devant une demeure cossue, alors qu'il sonne, des Blacks surdimensionnés, sortant d'une Renault Safrane noire, déboulent, se cagoulent. Tatiana ouvre, chuchote aux mastodontes de la frapper.

PH apprendra bien après qu'elle les connaissait, bossant avec eux dans une boîte de nuit toulousaine, où ils étaient vigiles, elle : entraîneuse. Il comprendra alors que K. n'avait pas partagé avec son épouse le butin pompé. (D'ailleurs, combien avait-il récupéré sur les 250 000 € évaporés ? 20 % ? 30 % ? 40 %.) Cerveau (cervelle ?) d'un plan diaboliquement bancal, Tatiana voulait juste se servir de PH pour intimider son Jules, se venger de sa radinerie, récupérer un pourcentage du pourcentage.

Bref un malabar s'exécute, n'y va pas de main morte. Tatiana roule par terre, hurle, en rajoute, c'est le rôle de sa vie (elle a toujours rêvé d'être actrice), pleure, « au voleur ! ». Les autres défoncent la porte (ouverte), se jettent sur le mari (qui buvait du champagne dans son bain), le tabassent, en gueulant : « Où est le fric ? » Ils ont des armes de poing : des Glock 23. Le mari pisse sur lui. Il n'a pas d'oseille. Leur donne les clefs de l'Audi TT. Ou du coffre. Ou je ne sais quoi. Pour les calmer. Pendant ce temps-là, Tatiana mime la panique. Elle tremble. Elle crie. Se roule toujours par terre. « On aurait dit *Orange mécanique.* »

— Ne nous tuez pas. Ne nous violez pas. On n'a rien fait.

Sorti du bain manu militari, le mari continue de se faire frapper (faut qu'il apprenne à partager).

PH assiste, médusé, à la scène. Regard exorbité, non cagoulé, il vomit.

Clou du quart d'heure de terreur, les vigiles séquestrent K. dans le coffre de la Safrane ou le placard, c'est confus, le relâchent. Ils finissent par partir, embarquant mon frère, braillant dans la bagnole :

— Si tu nous dénonces, on étripe ton père, ta mère, ta sœur. On se fait ta race.

*

Aire des Quatre-Vents, A10, Renault Supercinq arrêtée sur le parking, portes ouvertes, je lis *Les landes d'Achernar*, Kim mange un sandwich au calamar :

— Ton frère, c'est un mort-vivant. Il revient d'un oooutre monde.

Lorsqu'elle lui a parlé des apparitions (ma mère l'ectoplasme ; le fax de mon père défunt), PH a décidé de dormir devant la cheminée, pour les attendre. Espérant un signe de l'au-delà.

Dans la nuit, à hauteur de Meaux, je reçois un message de PH alias SAS :

le frigo c'est un faux
américain

*

Dans un puzzle, il manque toujours une pièce. Ici, c'est ma mère. Mais ma mère, c'est un autre livre.

Psy sur le tard, elle nous a élevés dans le respect de la vivisection des âmes, de la psy-vivi-section. Entorses, fractures, piqûres, syncopes, céphalées, eczémas, malaises, gueules de bois… : rien n'échappait à la traduction psychique de nos troubles ou incidents physiques. Spécialiste de la numérologie et de la psychosomatique (son mantra, c'était « tu somatises »), elle tirait le pendule également. Ma mère, c'était Freud augmenté.

*

Freud augmenté de Madame Irma.
Madame Irma mariée à Freud.
Un mariage houleux mais créatif.

*

Enfant, acrobate, en équilibre sur un fil instable, reliant psychologie et voyance, j'entendais « tu sumatras », je pensais que la somatisation était une île.

Che Guevara de la psychanalyse, Marie Curie de l'astrologie, ma mère fumait des cigarillos. Ses verdicts prononcés :

toujours dans les volutes. La jungle de sa pensée. Son divan en velours.

Les Landes, c'était son laboratoire.
Son laborantin, c'était mon père.

*

À Paris, au Télégraphe, en terrasse, devant une bière et un café, j'essaie de me concentrer sur la lecture d'un article relatant la défaite de Bordeaux contre Caen, en football. Le journaliste se moque du coach bordelais, égaré dans les limbes de son schéma tactique. Rattrapé par une légère inquiétude (le pressentissent poisseux d'une débâcle proche), je décroche du journal sportif, envoie un SMS à PH :

Tu fais quoi ?

Une moto passe. Un camion-poubelle stationne devant le bar. Les éboueurs s'engueulent entre eux.

je remplis la piscine
la remets en route

Ce que je vide, il le remplit.

Je pense : « Nous sommes deux énergies contraires. Sisyphe et son reflet. D'un côté du miroir, je pousse la pierre jusqu'au sommet. De l'autre, lui, la fait dévaler. »

Un bip. PH à nouveau :

au fait on t'a arnaqué
le frigo ne fait pas de
glace pilée

*

« Pourquoi ta mère ne t'a jamais rien dit sur ton frère ? »

Cette question sans réponse qui revient sans cesse, que mes proches n'arrêtent pas de me poser. Contemplant le tableau de bord, la route qui défile (je retourne dans les Landes pour signer l'acte), j'ai une illumination, je réponds :

— Elle ne m'a jamais rien dit, parce que… elle pensait que j'étais aussi malade que mon frère, aussi fou que lui, même plus !

Je ne réponds pas à mes amis,
mais à mes parents :
je parle aux fantômes.

*

Lorsque j'arrive à Labrit, il est midi. La maison est sale, envahie de plantes, de pneus, de meubles, de lampes, de sacs, de cordes. Son état a empiré depuis ma dernière visite. PH s'est évaporé. La signature doit avoir lieu à 15 h. J'ai trois heures pour créer un semblant d'ordre. Je m'active, empile tout dans la voiture, dans une grange.

PH réapparaît au bout de deux heures. Il était dans la

forêt. Il se demande ce que je fais. En sueur, chemise trempée, je m'agace :

— On signe tout à l'heure, PH, merde ! Les propriétaires, on doit leur laisser une maison nickel.

— Tout se négocie, Alex.

J'essaie de le ramener à la réalité, à la raison. Peine perdue. Nos relations se tendent. Il me reproche d'avoir bradé la demeure, soldé ce que possédait le père. Pour clore le tout, les acquéreuses débarquent à l'improviste avec l'agent immobilier. Voyant l'état de la chaumière, elles font les gros yeux.

*

On les retrouve énervées à Pissos, chez la notaire où PH a étrangement accepté de me suivre. La réunion tourne vite au vinaigre. En une seconde exactement. À peine assise, une des acheteuses fait part de son indignation. Lèvres pincées. Sourcils froncés. Regard noir fixé sur l'officier. Elle met le paquet. Parle de scandale, de respect, d'éthique bafouée, de déclin de la civilisation, s'insurge contre notre « obscène inconséquence ».

Je pense : « Cette nana, on dirait mon père (réincarné). »

Au courant pour PH (j'ai évoqué des troubles lors de notre première rencontre), l'agent immobilier tente de la calmer, de la faire taire en lui pinçant la jambe.

Trop tard.

PH explose :

— Vous croyez que c'est facile d'avoir été en prison !

D'avoir vu ma mère mourir ! D'avoir dormi sur un sofa ! Vous croyez quoi ? Vous vous prenez pour qui ?! C'est un schisme que je vis. Si c'est comme ça, je me casse sans signer. Je m'en fous. Je n'ai plus rien à perdre.

Il se lève, poings fermés, prêt à renverser la table, balancer sa chaise, partir en courant. Ses yeux vrillent, roulent dans leur orbite. Stupéfaction générale. La notaire s'enfonce dans sa chaise. Les futures propriétaires blêmissent. J'avais imaginé ce scénario, sa possibilité, sans y croire. Je jette toute l'énergie (toute l'eau) qu'il me reste pour éteindre l'incendie. (L'incendie qui brûle mon frère.) À deux doigts de capoter, la vente se fait in extremis.

*

Une vision qui tient du mirage,
je l'ai encore gravée en moi :
mon frère
traversant le parking désert du cabinet notarial,
fuyant vers la forêt, me fuyant,
courant jusqu'à sa lisière,
traversant la nationale,
faisant fi des 35-tonnes qui fusent vers l'A63,
sautant par-dessus le fossé,
un dernier regard vers moi,
un dernier fourré,
puis sa silhouette avalée par les fougères.

Merci à
Jeanne et Yves, mes éditeurs, leur confiance, leurs doux rires,
merci à eux de m'avoir poussé dans mes retranchements,
les tranchées de ma mémoire.

Composition : Entrelignes (64)
Achevé d'imprimer
par CPI Firmin-Didot
à Mesnil-sur-l'Estrée, en juin 2021
Dépôt légal : juin 2021
Numéro d'imprimeur : 164580

ISBN : 978-2-07-295004-9/Imprimé en France

396533